감자 · 발가락이 닮았다

책임편집 조계숙

고려대학교 국어국문학과를 졸업하고 동대학원에서 박사학위를 받았다. 현재 대
진대학교 한국어문학부 강의교수로 있다. 공저『대중서사장르의 모든 것-3.추리
물』,『대중서사장르의 모든 것-4.코미디』등이 있다.

한국 문학을 읽는다 `18`

감자 · 발가락이 닮았다

인쇄 2015년 5월 13일
발행 2015년 5월 18일

지은이 · 나도향
펴낸이 · 김화정
펴낸곳 · 푸른생각
책임편집 · 조계숙 | 편집 · 지순이, 김선도 | 교정 · 김수란

등록 · 제310-2004-00019호
주소 · 서울시 중구 충무로 29(초동) 아시아미디어타워 502호
대표전화 · 02) 2268-8706(7) | 팩시밀리 · 02) 2268-8708
이메일 · prun21c@hanmail.net
홈페이지 · www.prun21c.com

ⓒ 푸른생각, 2015

ISBN 978-89-91918-38-2 04810
ISBN 978-89-91918-21-4 04810(세트)

값 12,500원

18

한국 문학을 읽는다

감자
발가락이 닮았다

김동인

책임편집 조계숙

다른 사람의 필요를 자신의 필요만큼 소중히 여기기 시작할 때,
비로소 사랑은 시작된다.

— 앤 설리번(교육자, 1866~1936)

현대 소설의 미학과 예술적 자율성을
중시한 작가, 김동인

　근대 소설의 틀에서 완전히 떠나는 하나의 선언, 이는 김동인 소설을 단적으로 표현할 수 있는 말이다. 김동인은 현대 소설을 어떻게 구성하며 어떤 문장으로 써야 하는지의 소설 미학을 이론과 실천 양면에서 구현하였다. 이는 「소설 작법」(1925)이라는 글에서 확인 가능하다. 현대 소설의 기원과 역사, 플로베르 · 모파상 · 제임스 · 졸라 · 톨스토이 등을 소개한 부분을 보면, 현대 소설의 장르적 특징, 영향력 있는 작가들의 특별한 소설 작법에 큰 지면을 할애하고 있다. 이어서 현대 소설의 묘사 이론을 소개하면서 당시 우리 소설가들의 문장을 사례로 들고 있는데, 김동인이 지닌 세심한 관찰력과 단호한 평가 자세가 소설 미학으로 집약되어 있음을 알 수 있다.

　한국 현대 소설사의 문을 연 이광수는 김동인에게 가장 큰 경쟁 상대였다. 김동인만큼 이광수를 의식하고 연구한 작가는 거의 없다. 춘원 이광수의 소설을 얼마나 열심히 읽고 분석하였는지, 김동인이 쓴 「춘원 연구」(1934)는 춘원 연구사에서 독보적 위치를 점할 정도이다. 두 사람의 작품 경향은 전혀 다른 방향에서 이루어졌다. 김동인은 이광수의 계몽주의를 전혀 공유하지 않았으며, 소설의 예술적 독자성과 자율성을 표방하였다.

이 책에는 김동인의 대표작 여섯 편이 실려 있다. 「배따라기」는 인생의 속절없는 애처로움과 끝없는 뉘우침을 배따라기라는 뱃사람의 노래를 매개로 표현한 작품이다. 의처증이 있던 남편이 자기 아내와 아우를 의심한 끝에 아내는 자살을 하고 아우가 집을 나가 버리자 속죄를 위해 아우를 평생 찾아다닌다. 슬픈 배따라기 가사는 형제의 비극적 운명을 극대화한다. 자신의 죄를 영원히 용서받지 못하는 일이야말로 더없이 큰 벌이다.

「감자」는 열악한 환경에 처한 인간이 어디까지 타락할 수 있는지를 보여주는 작품이다. 인생의 가장 어두운 면을 추적하는 일은 자연주의 소설의 중요한 특징이다. 복녀는 원래 농민 계급으로 최소한의 위엄을 갖추었었으나, 집안이 몰락한 후 게으른 홀아비에게 돈에 팔려 시집을 갔고 형편은 더욱 기울어 빈민굴에까지 밀려가면서 점차 도덕성에 금이 가게 된다. 일제강점기 빈민들의 송충이 잡는 노동, 중국인 지주의 채마밭 노동 등에서 독자 여러분은 우리 민족이 나락으로 떨어졌던 모습을 목격할 수 있다.

「광염 소나타」는 예술을 위해 저지르는 범죄를 처벌할 수 있는가 하는 무거운 쟁점을 담고 있다. 천재 작곡가 백성수는 방화, 살인, 시간 등 범죄 행동을 해야만 피아노 음악을 완성할 수 있는 기이한 인물이다. 이 문제를 놓고 음악비평가 K씨와 사회교화자 모씨가 대화를 하는데, 작가는 음악비평가의 편을 들면서 예술지상주의를 주장한다. 일반적인 교육은 천재성을 발휘하지 못하게 한다든지, 예술을 위해서는 변변찮은 사람이 희생되어도 좋다는 것이 K씨의 의견이다. 독자 여러분이 이 문제를 토론해 본다면 작품을 한층 깊이 이해할 수 있을 것이다.

「발가락이 닮았다」는 유전학적 지식과 우정 사이에서 빚어지는 미묘한 심리적 갈등을 잘 표현한 소설이다. 의사인 '나'는 친구가 방탕한 생활로 인해 생식능력을 상실했을 것으로 생각한다. 따라서 그 친구가 결혼 후 얻은 아들이 친자가 아니라고 확신한다. 그러나 친구는 자기에게 생식능력이 있다고 '나'에게 거짓말을 하고, 아들이 증조부를 닮았고 자기 발가락을 닮았다고 한다. 결국 '나'는 친구를 위해 거짓으로 얼굴도 닮았다고 말해 준다. 두 사람 사이에서 진실과 우정이 줄다리기하는 심리를 추적하는 재미가 있다.

「붉은 산」은 일제강점기에 만주에서 살아간 조선인 소작인들의 상황이 잘 드러난 작품이다. '삵'이라 불리는 조선인은 외모가 매우 추하고 행실이 못되어 마을 사람들에게 기피의 대상이다. 만주국인 지주에게 불려간 송 첨지가 수확이 적다고 맞아 죽은 사건이 일어나자 조선인 소작인들은 분노하면서도 두려움에 휩싸이는데, 뜻밖에도 삵이 송 첨지의 원수를 갚으러 갔다가 죽는 일이 발생한다. 삵은 마지막으로 붉은 산과 흰 옷이 보고 싶다는 유언을 남긴다. 붉은 산은 고국, 흰 옷은 동포를 뜻하는 것이었다. 마을 사람들이 추모의 노래로 부르는 애국가는 타국 망명지를 민족애로 물들인다.

「광화사」는 작가가 역사물 잡지 『야담』(1935)을 창간하면서 게재한 소설이다. 조선 시대 세종 시절을 배경으로 신라의 화가 솔거의 이름을 차용한 화가가 등장하며, 최고의 그림을 얻고자 하는 광기 어린 심리와 행동이 잘 드러나 있다. 추한 얼굴을 한 남자 화가와 아름다운 소경 처녀의 우연한 로맨스는 기묘한 미인도를 남기며 비극으로 끝이 난다.

푸른생각에서 기획하여 발행하는 '한국 문학을 읽는다' 시리즈는 작품의 원문을 충실하게 실었다. 어려운 단어에는 낱말풀이를 세심하게 달아 작품의 이해를 돕고, 본문의 중간중간에는 소제목을 붙여 이야기의 흐름을 놓치지 않도록 배려하였다. 또한 각 작품에 들어가기 전에 주요 등장인물을 소개하고, 수록한 작품 뒤에는 줄거리를 정리한 〈이야기 따라잡기〉를 마련해 놓았다. 〈쉽게 읽고 이해하기〉는 작품 세계를 정확하고 깊게 이해할 수 있도록 해설한 부분이다. 책의 끝에는 〈작가 알아보기〉를 붙여서 작가의 생애와 연보를 소개하였다.

'한국 문학을 읽는다' 시리즈가 청소년뿐만 아니라 일반 독자들에게도 소설을 제대로 읽고 이해하는 데 도움이 되길 기대한다. 소설을 읽음으로써 인간 세계를 보다 이해하고 삶의 진정성을 인식할 수 있다고 믿는다. 그리고 타인과 열린 마음으로 소통할 수 있으며 이상적인 공동체 사회의 실현에 기여할 수 있다고 생각한다. 이 소설 선집의 감상으로 그와 같은 가치가 실현될 수 있기를 희망한다.

책임편집 조계숙

모든 독서가가 지도자가 되는 것은 아니다.
그러나 모든 지도자는 독서가가 되어야 한다.
— 해리 트루먼(미국 대통령, 1884~1972)

한국 문학을 읽는다 감자 · 발가락이 닮았다

1 각각의 작품은 등장인물 소개 — 작품 게재 — 이야기 따라잡기 — 쉽게 읽고 이해하기의 순서로 되어 있습니다.

2 작품의 원문을 충실하게 싣되, 독자의 이해를 돕기 위해, 낱말풀이를 상세하게 달았으며, 중간중간에 소제목을 붙였습니다.

3 〈등장인물〉에서는 작품에 등장하는 주요 등장인물을 소개하고 간단하게 설명하였습니다.

4 〈이야기 따라잡기〉에서는 작품의 줄거리를 요약 정리하였습니다.

5 〈쉽게 읽고 이해하기〉에서는 작품을 감상하는 데 필요한 핵심적인 요소를 짚어 주었습니다.

6 마지막으로 〈작가 알아보기〉에서는 작가의 생애와 작품 활동, 작품 세계 등을 이해할 수 있습니다.

「배따라기」(『창조』, 1921)는

의처증으로 인해 아내와 아우를 잃은

한 뱃사람의 비극적인 운명과 방황을

액자식 구성으로 그린 단편소설이다.

배따라기

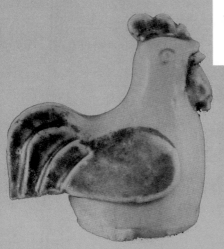

"형님, 거저 다 운명이외다."

등장인물

그(형) 배따라기를 잘 부르는 사내. 아내를 너무 사랑한 나머지 의처증이 심하
 다. 아우와 아내 사이를 질투하다가 결국 아내를 잃고 집 나간 아우를 찾
 으러 다닌다.

아내 예쁘고 싹싹한 젊은 여자. 남편을 사랑하지만 남편의 의처증을 견디지 못
 하고 자살한다.

아우 형과 함께 고기잡이를 하며 살아가는 착한 성격의 소유자. 형의 오해를 사
 고 견디다 못해 집을 떠나 소식이 끊긴다.

나 이야기의 서술자. 배따라기 노래를 듣고 사내를 찾아가 사내가 유랑하게 된
 이야기를 듣게 된다.

배따라기

'나'는 아름다운 봄 경치에 유토피아를 생각한다

좋은 일기이다.

좋은 일기래도, 하늘에 구름 한 점 없는—우리 '사람'으로서는 감히 접근치 못할 위엄을 가지고, 높이서 우리 조그만 '사람'을 비웃는 듯이 내려다보는 그런 교만한 하늘은 아니고, 가장 우리 '사람'의 이해자인 듯이 낮게 뭉글뭉글 엉키는 분홍빛 구름으로서 우리와 서로 손목을 잡자는 그런 하늘이다. 사랑의 하늘이다.

나는, 잠시도 멎지 않고 푸른 물을 황해로 부어 내리는 대동강을 향한 모란봉 기슭 새파랗게 돋아나는 풀 위에 뒹굴고 있었다.

이날은 3월 삼질(삼짇날. 음력 3월 초사흗날) 대동강에 첫 뱃놀이하는 날이다. 까맣게 내려다보이는 물 위에는, 결결이 반짝이는 물결을 푸른 놀잇배들이 타고 넘으며, 거기서는 봄 향기에 취한 형형색색의 선율이 우단(벨벳)보다도 보드라운 봄 공기를 흔들면서 내려온다.

그리고 거기서 기생들의 노래와 함께 날아오는 조선 아악(雅樂)은 느리게, 길게, 유창하게, 부드럽게 그리고 또 애처롭게─모든 봄의 정다움과 끝까지 조화하지 않고는 안 두겠다는 듯이 대동강에 흐르는 시커먼 봄물, 청류벽에 돋아나는 푸르른 풀 어음('움'의 방언. 풀이나 나무에 새로 돋아 나오는 싹), 심지어 사람의 가슴속에 봄에 뛰노는 불붙는 핏줄기까지라도, 습기 많은 봄 공기를 다리 놓고 떨리지 않고는 두지 않는다.

봄이다. 봄이 왔다.

부드럽게 부는 조그만 바람이 시커먼 조선 솔을 꿰며, 또는 돋아나는 풀을 스치고 지나갈 때의 그 음악은, 다른 데서는 듣지 못할 아름다운 음악이다.

아아, 사람을 취케 하는 푸른 봄의 아름다움이여! 열다섯 살부터의 동경(東京) 생활에 마음껏 이런 봄을 보지 못하였던 나는, 늘 이것을 보는 사람보다 곱 이상의 감명을 여기서 받지 않을 수 없다.

평양성 내에는 겨우 툭툭 터진 땅을 헤치며 파릇파릇 돋아나는 나무새기('나물'의 방언)와 돋아나려는 버들의 어음으로 봄이 온 줄 알 뿐, 아직 완전히 봄이 안 이르렀지만, 이 모란봉 일대와 대동강을 넘어 보이는 가나안 옥토를 연상시키는 장림(長林)에는 마음껏 봄의 정다움이 이르렀다.

그리고 또 꽤 자란 밀보리들로 새파랗게 장식한 장림의 그 푸른빛, 만족한 웃음을 띠고 그 벌에 서서 내다보는 농부의 모양은 보지 않아도 생각할 수가 있다.

구름은 자꾸 하늘을 날아다니는 모양이다. 그 밀 위에 비치었던 구름의 그림자는 그 구름과 함께 저편으로 몰려가며, 거기는 세계를 아까 만들어 놓은 것 같은 새로운 녹빛이 퍼져 나간다. 바람이나 조금 부는 때는, 그 잘 자란 밀들은 물결과 같이 누웠다 일어났다, 일록일청(一綠一靑)으로 춤을 춘다. 그리고 봄의 한가함을 찬송하는 솔개들은 높은 하늘에서 동그라미를 그리며 더욱더 아름다운 봄의 향기로운 정취를 더한다.

"다스한 봄 정에 솟아나리다. 다스한 봄 정에 솟아나리다."

나는 두어 번 소리 나게 읊은 뒤에 담배를 붙여 물었다. 담배 내는 무럭무럭 하늘로 올라간다.

하늘에도 봄이 왔다.

하늘은 낮았다. 모란봉 꼭대기에 올라가면, 넉넉히 만질 수가 있으리만큼 낮다. 그리고 그 낮은 하늘보다는 오히려 더 높이 있는 듯한 분홍빛 구름은 뭉글뭉글 얽히면서 이리저리 날아다닌다.

나는 이러한 아름다운 봄 경치에, 이렇게 마음껏 봄의 속삭임을 들을 때는 언제든 유토피아를 생각지 않을 수 없다. 우리가 시시각각으로 애를 쓰며 수고하는 것은─그 목적은 무엇인가? 역시 유토피아 건설에 있지 않을까? 유토피아를 생각할 때는 언제든 그 '위대한 인격의 소유자'며 '사람의 위대함을 끝까지 즐긴' 진나라 시황[秦始皇]을 생각지 않을 수 없다.

우리가 어찌하면 죽지를 아니할까 하여, 동남(童男) 3백을 배를 태워 불사약을 얻으러 떠나 보내며, 예술의 사치를 다하여 아방궁을 지으며, 매일 신하 몇천 명과 잔치로써 즐기며, 이리하여 여기 한 유토피아를 세우려던 시황은 몇만의 역사가가 어떻다고 욕을 하든 그는 참말로 인생의 향락자며, 역사 이후의 제일 큰 위인이라고 할 수가 있다. 그만한 순전한 용기 있는 사람이 있고야 우리 인류의 역사는 끝이 날지라도 하나의 사람을 가졌었다고 할 수 있다.

'큰사람이었었다.'

하면서 나는 머리를 들었다.

'나'는 뛰어난 배따라기 소리를 듣고 그를 찾는다

이때다. 기자묘 근처에서 이상한 슬픈 소리가 들리면서 봄 공기를 진동시키며 날아오는 것이 들렸다. 나는 무심코 귀를 기울였다.

영유 배따라기다. 그것도 웬만한 광대나 기생은 발꿈치에도 미치지 못하리만큼―그만큼 그 배따라기의 주인은 잘 부르는 사람이었다.

비나이다 비나이다
산천후토 일월성신
하나님전 비나이다
실낱같은 우리 목숨
살려달라 비나이다
에―야 어그여지여

여기까지 이르렀을 때에 저편 아래 물에서 장고(장구) 소리와 함께 기생의 노래가 울리어 오며 배따라기는 그만 안 들리게 되었다.

나는 2년 전 한여름을 영유서 지내 본 일이 있다. 배따라기의 본고 장인 영유를 몇 달 있어 본 사람은 그 배따라기에 대하여 언제든 한 속절없는 애처로움을 깨달을 터이다.

영유. 이름은 모르지만, ×산에 올라가서 내려다보면 앞은 망망한 황해이니, 거기 저녁때의 경치를 한 번 본 사람은 영구히 잊을 수가 없으리라. 불덩어리 같은 커다란 시뻘건 해가 남실남실 넘치는 바다에 도로 빠질 듯, 도로 솟아오를 듯 춤을 추며, 때때로 보이지 않는 배에서 배따라기만 슬프게 날아오는 것을 들을 때면 눈물 많은 나는 때때로 눈물을 흘렸다. 이로 보아서 어떤 원의 아내가 자기의 모든 영화를 낡은 신과 같이 내어던지고, 뱃사람과 정처 없는 물길을 떠났다 함도 믿지 못할 말이랄 수가 없다.

영유서 돌아온 뒤에도 그 배따라기는 내 마음에 깊이 새겨져 잊으려야 잊을 수가 없었고, 언제 한번 다시 영유를 가서 그 노래를 한 번 더 들어보고, 그 경치를 다시 한 번 보고 싶은 생각이 늘 떠나지를 않았다.

장고 소리와 기생의 노래는 멎고, 배따라기만 슬프게 날아온다. 결 결이 부는 바람으로 말미암아 때때로는 들을 수가 없으되, 나의 기억과 곡조를 부합하여 들은 배따라기는 이 대목이다.

　　강변에 나왔다가

나를 보더니만
혼비백산하여
꿈인지 생시인지
생시인지 꿈인지
와르륵 달려들어
섬섬옥수로 부쳐잡고
호천망극 하는 말이
"하늘로서 떨어지며
땅으로서 솟아났다
바람결에 묻어 오고
구름길에 싸여 왔나"
이리 서로 붙들고 울음 울 제
인리 제인이며
일가친척이 모두 모여……

　여기까지 들은 나는 마침내 참지 못하고 벌떡 일어서서 소나무 가지에 걸었던 모자를 내려 쓰고 그곳을 찾으러 모란봉 꼭대기에 올라섰다. 꼭대기는 좀 더 노랫소리가 잘 들린다. 그는 배따라기의 맨 마지막, 여기를 부른다.

밥을 빌어서
죽을 쑬지라도
제발 덕분에

뱃놈 노릇은 하지 마라

에ー야 어그여지여……

그의 소리로써 방향을 찾으려던 나는 그만 그 자리에 섰다.

'어딘가? 기자묘, 혹은 을밀대?'

그러나 나는 오래 서 있을 수가 없었다. 어떻든 찾아보자 하고 현무문으로 가서 문밖에 썩 나섰다. 기자묘의 깊은 솔밭은 눈앞에 쫙 퍼진다.

'어딘가?'

나는 또 물어보았다.

이때에 그는 또다시 배따라기를 시초부터 부른다. 그 소리는 왼편에서 온다.

왼편이구나 하면서, 소리 나는 곳을 더듬어 소나무 틈으로 한참 돌다가, 겨우 기자묘 치고는 그중 하늘이 넓고 밝은 곳에, 혼자서 뒹굴고 있는 그를 찾아내었다. 나의 생각한 바와 같은 얼굴이다. 얼굴, 코, 입, 눈, 몸집이 모두 네모나고, 그의 이마의 굵은 주름살과 시커먼 눈썹은 고생 많이 함과 순진한 성격을 나타낸다.

그는 어떤 신사가 자기를 들여다보는 것을 보고, 노래를 그치고 일어나 앉는다.

"왜? 그냥 하지요."

하면서, 나는 그의 곁에 가 앉았다.

"머……."

할 뿐, 그는 눈을 들어서 터진 하늘을 쳐다본다.

좋은 눈이었다. 바다의 넓고 큼이 유감없이 그의 눈에 나타나 있다. 그는 뱃사람이다. 나는 짐작하였다.

"고향이 영유요?"

"예. 머, 영유서 나기는 했디만 한 20년 영유를 가 보디두 않았시요."

"왜, 20년씩 고향엔 안 가요?"

"사람의 일이라니 마음대로 됩데까?"

그는 왜 그러는지 한숨을 짓는다.

"거저 운명이 제일 힘셉데다."

운명의 힘이 제일 세다는 그의 소리엔 삭이지 못할 원한과 뉘우침이 섞여 있다.

"그래요?"

나는 다만 그를 쳐다볼 뿐이었다.

한참 잠잠하니 있다가 나는 다시 말하였다.

"자, 노형의 경험담이나 한번 들어 봅시다. 감출 일이 아니면 한번 이야기해 보소."

"뭐 감출 일은……."

"그럼 어디 한번 들어 봅시다그려."

그는 다시 하늘을 쳐다보았다. 그러나 좀 있다가,

"하디요."

하면서 내가 담배를 붙이는 것을 보고, 자기도 담배를 붙여 물고 이야기를 꺼낸다.

"닞히디두 않는 19년 전 8월 열하루 날 일인데요……."

하면서 그가 이야기한 바는 대략 이와 같은 것이다.

그는 의처증 환자다

그의 살던 마을은 영유 고을서 한 20리 떠나 있는, 바다를 향한 조그만 동리이다. 그의 살던 그 조그만 마을(서른 집쯤 되는)에서 그는 꽤 유명한 사람이었다.

그의 부모는 모두 열댓에 났을 때 없었고, 남은 친척이라고는 곁집에 딴살림하는 그의 아우 부처와 자기 부처뿐이었다. 그들 형제가 그 마을에서 제일 부자이고, 또 제일 고기잡이를 잘하였고, 그중 글이 있었고, 배따라기도 그 마을에선 빼어나게 그 형제가 잘하였다. 말하자면 그 형제가 그 동리의 대표적 사람이었다.

8월 보름은 추석 명절이다. 8월 열하루 날, 그는 명절에 쓸 장도 볼겸 그의 아내가 늘 부러워하는 거울도 하나 사 올 겸 장으로 향하였다.

"당손네 집에 있는 것보다 큰 거이요, 닞지 말구요."

그의 아내는 길까지 따라 나오면서 잊지 않도록 부탁하였다.

"안 닞어."

하면서 그는 떠오르는 새빨간 햇빛을 앞으로 받으면서 자기 마을을 나섰다.

그는 아내를 (이렇게 말하기는 우습지만) 고와했다. 그의 아내는 촌에는 드물도록 연연하고도 이쁘게 생겼었다(그는 나에게 이렇게 말하

23
• • •
배따라기

였다).

"성내(평양) 덴줏골(갈보촌)을 가두 그만한 거 쉽진 않갔시요."

그러니까 촌에서는, 그리고 그 당시에는 남에게 우습게 보이도록 그 부처의 사이는 좋았다. 늙은이들은 계집에게 혹하지 말라고 흔히 그에게 권고하였다.

부처의 사이는 좋았지만—아니, 오히려 좋으므로 그는 아내에게 시기를 많이 하였다. 품행이 나쁘다는 것이 아니라, 그의 아내는 대단히 쾌활한 성질로서 아무에게나 말 잘하고 애교를 잘 부렸다.

그 동리에서는 무슨 명절이나 되면, 집이 그중 정결함을 핑계 삼아 젊은이들은 모두 그의 집에 모이곤 하였다. 그 젊은이들은 모두 그의 아내에게 '아즈마니' 라 부르고, 그의 아내는 아내대로 '아즈바니, 아즈바니' 하며 그들과 지껄이고 즐기며, 그 웃기 잘하는 입에는 늘 웃음을 흘리고 있었다. 그럴 때마다 그는 한편 구석에서 눈만 흘근거리며 있다가, 젊은이들이 돌아간 뒤에는 불문곡직하고(옳고 그름을 따지지 않고) 아내에게 덤벼들어 발길로 차고 때리며 이전에 사다 주었던 것을 모두 거두어 올린다. 싸움을 할 때에는 언제든 곁집 있는 아우 부처가 말리러 오며, 그렇게 되면 언제든 그는 아우 부처까지 때려 주었다.

그가 아우에게 그렇게 구는 데는 이유가 있었다. 그의 아우는 촌사람에게는 다시없도록 늠름한 위엄이 있었고, 만날 바닷바람을 쐬었지만 얼굴이 희었다. 이것뿐으로도 시기가 된다 하면 되지만, 특별히 아내가 그의 아우에게 친절히 하는 데는 그는 속이 끓어 못 견디었다.

그가 영유를 떠나기 반년 전쯤, 다시 말하자면 그가 거울을 사러 장에 갈 때부터 반년 전쯤, 그의 생일날이었다. 그의 집에서는 음식을 차려서 잘 먹었는데, 그에게는 한 버릇이 있어서 맛있는 음식은 남겨 두었다가 좀 있다 먹곤 하는 것을 예사로 하였다. 그의 아내도 그 버릇은 잘 알 터인데, 그의 아우가 점심때쯤 오니까 아까 그가 아껴서 남겨 두었던 그 음식을 아우에게 주려 하였다. 그는 눈을 부릅뜨고 '못 주리라'고 암호를 하였지만, 아내는 그것을 보았는지 못 보았는지 그의 아우에게 주어 버렸다. 그는 마음속이 자못 편치 못하였다. '트집만 있으면 이년을……' 그는 마음먹었다.

그의 아내는 시아우에게 상을 준 뒤에 물러 오다가 그만 그의 발을 조금 밟았다.

"이년!"

그는 힘껏 발을 들어서 아내를 냅다 찼다. 그의 아내는 상 위에 거꾸러졌다가 일어난다.

"이년! 사나이 발을 짓밟는 년이 어디 있어!"

"거 좀 밟아서 발이 부러뎃쉐까?"

아내는 낯이 새빨개져서 울음 섞인 소리로 고함친다.

"이년! 말대답이……."

그는 일어서서 아내의 머리채를 휘어잡았다.

"형님! 왜 이러십니까?"

아우가 일어서면서 그를 붙잡았다.

"가만있거라. 이놈의 자식!"

하며 그는 아우를 밀친 뒤에 아내를 되는대로 내려 찧었다.

"죽일 년, 이년. 나가거라!"

"죽여라, 죽여라! 난 죽어도 이 집에선 못 나가."

"못 나가?"

"못 나가디 않구, 뉘 집이게……."

이때다. 그의 마음에는 그 못 나가겠다는 아내의 말이 푹 들이박혔다. 그 이상 때리기가 싫었다. 우두커니 눈만 흘기고 있던 그는,

"망할 년, 그럼 내가 갈라."

하고 그만 문밖으로 뛰어나가서,

"형님 어디 갑니까?"

하는 아우의 말에는 대답도 아니하고 곁 동리 탁줏집으로 뒤도 안 돌아보고 가서, 거기 있는 술 파는 계집과 술상 앞에 마주 앉았다.

그날 저녁 얼근히 취한 그는 아내를 위하여 떡을 한 돈어치 사 가지고 집으로 돌아왔다. 이리하여 또 서너 달은 평화가 이르렀다. 그러나 이 평화가 언제까지든 연속할 수는 없었다. 그의 아우로 말미암아 또 평화가 짜개져 나갔다.

그와 그의 아내, 그리고 그의 아우는 삼각관계다

5월 초승(음력으로 그달 초하루부터 처음 며칠 동안)부터 영유 고을 출입이 잦던 그의 아우는 5월 그믐께부터는 고을서 며칠씩 묵어 오는 일이 많았다. 함께 고을에 첩을 얻어 두었다는 소문이 퍼졌다. 이 소문이 있은 뒤로 아내는 아우가 고을 들어가는 것을 벌레보다도 싫어하고,

며칠 묵어 나오는 때면 곧 아우의 집으로 가서 그와 담판을 하며, 심지어 동서 되는 아우의 처에게까지 못 가게 하지 않는다고 싸우는 일이 있었다. 7월 초승께, 그의 아우는 고을에 들어가서 열흘쯤 묵어 온 일이 있었다. 이때도 전과 같이 그의 아내는 그의 아우와 제수와 싸우다 못하여, 마침내 그에게까지 와서 아우가 그런 못된 데를 다니는 것을 그냥 둔다고 해 보자 한다. 그 꼴을 곱게 보지 않았던 그는 첫마디로 고함을 쳤다.

"네게 상관이 무에가? 듣기 싫다."

"못난둥이. 아우가 그런 델 댕기는 걸 말리지두 못하구!"

분김에 이렇게 그의 아내는 고함쳤다.

"이년, 무얼?"

그는 벌떡 일어섰다.

"못난둥이!"

그 말이 채 끝나기 전에 그의 아내는 악 소리와 함께 그 자리에 거꾸러졌다.

"이년! 사나이에게 그따웃 말버릇 어디서 배완!"

"에미네 때리는 건 어디서 배왔노! 못난둥이!"

그의 아내는 울음소리로 부르짖었다.

"상년, 그냥? 나갈! 우리 집에 있디 말구 나갈!"

그는 내리 찧으면서 부르짖었다. 그리고 아내를 문을 열고 밀쳤다.

"나가디 않으리!"

하고 그의 아내는 울면서 뛰어나갔다.

"망할 년!"

토하는 듯이 중얼거리고 그는 그 자리에 주저앉았다.

그의 아내는 해가 지고 어두워져도 돌아오지 않았다. 일단 내쫓기는 하였지만 그는 아내의 돌아옴을 기다리고 있었다. 어두워져서도 그는 불도 안 켜고 성이 나서 우들우들 떨면서, 아내의 돌아오기를 기다렸다. 그러나 그의 아내의 참 기쁜 듯이 웃는 소리가 그의 아우의 집에서 밤새도록 울리었다. 그는 움쩍도 않고 고 자리에 앉아서 밤을 새운 뒤에, 새벽 동터 올 때 아내와 아우를 죽이려고 부엌에 들어가 식칼을 가지고 들어와서 문을 벌컥 열었다.

그의 아내로서 만약 근심스러운 얼굴을 하고 그 문밖에 우두커니 서서 문을 들여다보고 있지 않았더라면 그는 아내와 아우를 죽이고야 말았으리라.

그는 아내를 보는 순간, 마음에 가득 차는 사랑을 깨달으면서 칼을 내어던지고 뛰어나가서 아내의 머리채를 휘어잡고, 이년! 하면서 들어오더니 뺨을 물어뜯으면서 함께 이리저리 자빠져서 뒹굴었다. 이리하여 평화는 또 이르렀다.

그런 이야기를 하려면 끝이 없으되, 다만 '그', '그의 아내', '그의 아우' 세 사람의 삼각관계는 대략 이와 같았다.

그는 아내와 아우를 오해한다

각설(화제를 돌려 다른 이야기를 꺼낼 때 하는 말).

거울은 마침 장에 마음에 맞는 것이 있었다. 지금 것과 대 보면 어떤 때는 코도 크게 보이고 입이 작게도 보이는 것이지만, 그 당시에는, 그리고 그런 촌에서는 둘도 없는 귀물이었다. 거울을 사 가지고 장을 본 뒤에 그는 이 거울을 아내에게 주면 그 기뻐할 모양을 생각하면서 새빨간 저녁 햇빛을 받은, 넘치는 듯한 바다를 안고 자기 집으로, 늘 들러 오던 탁줏집에도 안 들르고 돌아왔다.

그러나 그가 그의 집 안방에 들어설 때에는 뜻도 안 하였던 광경이 그의 눈앞에 벌어져 있었다.

방 가운데는 떡상이 있고, 그의 아우는 수건이 벗어져서 목 뒤로 늘어지고, 저고리 고름이 모두 풀어져 가지고 한편 모퉁이에 서 있고, 아내도 머리채가 모두 뒤로 늘어지고 치마가 배꼽 아래 늘어지도록 되어 있으며, 그의 아내와 아우는 그를 보고 어찌할 줄을 모르는 듯이, 움쩍도 안 하고 서 있었다.

세 사람은 한참 동안 어이없이 서 있었다. 그러나 좀 있다가 마침내 그의 아우가 겨우 말했다.

"그놈의 쥐 어디 갔니?"

"흥! 쥐? 훌륭한 쥐 잡댔구나."

그는 말을 끝내지 않고 짐을 벗어 버리고 뛰어가서 아우의 멱살을 그러쥐었다.

"형님, 정말 쥐가!"

"쥐? 이놈! 형수와 그런 쥐 잡는 놈이 어디 있니?"

그는 아우의 따귀를 몇 번 때린 뒤에 등을 밀어서 문밖에 집어던졌다. 그런 뒤에 이제 자기에게 이를 매를 생각하고 우들우들 떨면서 아랫목에 서 있는 아내에게 달려들었다.

"이년! 시아우와 그런 쥐 잡는 년이 어디 있어?"

그는 아내를 거꾸러뜨리고 함부로 내리 찧었다.

"정말 쥐가…… 아이 죽갔다!"

"이년! 너두 쥐? 죽어라."

그의 팔다리는 함부로 아내의 몸 위에 오르내렸다.

"아이 죽갔다. 정말 아까 적은이(시아우)가 왔기에 떡 먹으라구 내놓았더니……."

"듣기 싫다. 시아우 붙은 년이 무슨 잔소리!"

"아이, 아이, 정말이야요. 쥐가 한 마리 나……."

"그냥 쥐?"

"쥐 잡을래다가……."

"상년! 죽어라! 물에래두 빠데 죽얼……."

그는 실컷 때린 뒤에 아내도 아우와 같이 등을 밀어 내어쫓았다. 그 뒤에 그의 등으로,

"고기 배때기에 장사해라!"

고 토하였다.

분풀이는 실컷 하였지만, 그래도 마음속이 자못 편치 못하였다. 그는 아랫목으로 가서 바람벽을 의지하고 실신한 사람같이 우두커니 서서 떡상만 들여다보고 있었다.

한 시간…… 두 시간…….

서편으로 바다를 향한 마을이라, 다른 곳보다는 늦게 어둡지만, 그래도 술시(戌時, 오후 7시~9시)쯤 되어서는 깜깜하니 어두웠다. 그는 불을 켜려고 바람벽에서 떠나 성냥을 찾으려고 돌아갔다. 성냥은 늘 있던 자리에 있지 않았다. 그래서 여기저기 뒤적이노라니까 어떤 낡은 옷뭉치를 들칠 때에 쥐 소리가 나면서 무엇이 후닥닥 뛰어나온다. 그리하여 저편으로 기어서 도망한다.

"역시 쥐댔구나!"

그는 조그만 소리로 부르짖었다. 그리고 그만 그 자리에 맥없이 털썩 주저앉았다.

아까 그가 보지 못한 때의 광경이 활동사진과 같이 그의 머리에 지나갔다.

아우가 집에를 온다. 아우에게 친절한 아내는 떡을 먹으라고 아우에게 떡상을 내어놓는다. 그때에 어디선가 쥐가 한 마리 뛰어나온다. 둘이서는 쥐를 잡느라고 돌아간다. 한참 성화시키던 쥐는 어느 구석에 숨어 버린다. 그들은 쥐를 찾느라고 두리번거린다. 그때에 그가 들어선 것이다.

아내는 남편의 오해를 못 견디고 자살한다

"상년, 좀 있으문 안 들어오리……."

그는 억지로 마음먹고 그 자리에 드러누웠다.

그러나 그의 아내는 밤이 가고 밝기는커녕 해가 중천에 올라도 돌아오지를 않았다. 그는 차차 걱정이 나서 찾아보러 나섰다.

아우의 집에도 없었다. 동리를 모두 찾아보아도 본 사람도 없다
한다.

그리하여 낮쯤 한 3, 40리 내려간 바닷가에서 겨우 아내를 찾기는
찾았지만, 그 아내는 이전과 같은 생기로 찬 산 아내가 아니요, 몸은
물에 불어서 곱이나 크게 되고, 이전에 늘 웃음을 흘리던 예쁜 입에는
거품을 잔뜩 문 죽은 아내였다.

그는 아내를 업고 집에 오기까지 정신이 없었다.

이튿날 간단하게 장사를 하였다. 뒤에 따라오는 아우의 얼굴에는,

"형님 이게 웬일이오니까?"

하는 듯한 원망이 있었다.

장사를 지낸 이튿날부터 아우는 그 조그만 마을에서 없어졌다. 하
루 이틀은 심상히 지냈지만, 닷새 엿새가 지나도 아우는 돌아오지 않
았다. 그래서 알아보니까 꼭 그의 아우와 같이 생긴 사람이 5, 6일 전
에 멧산자봇짐('괴나리봇짐'의 방언. 걸어서 먼 길을 떠날 때 보자기에 싸서 어깨
에 메는 작은 짐)을 하여 진 뒤에 새빨간 저녁 해를 등으로 받고 더벅더
벅 동편으로 가더라 한다. 그리하여 열흘이 지나고 스무 날이 지났지
만 한번 떠난 그의 아우는 돌아올 길이 없고, 혼자 남은 아우의 아내
는 만날 한숨으로 세월을 보내게 되었다.

그도 이것을 잠자코 보고 있을 수가 없었다. 그 불행의 모든 죄는
죄다 그에게 있었다.

그는 뱃사람이 되어 아우를 찾으러 다닌다

그도 마침내 뱃사람이 되어, 적으나마 아내를 삼킨 바다와 늘 접근하며, 가는 곳마다 아우의 소식을 알아보려고, 어떤 배를 얻어 타고 물길을 나섰다.

그는 가는 곳마다 아우의 이름과 모양을 물었으되, 아우의 소식은 알 수가 없었다.

이리하여 꿈결같이 10년을 지내서 9년 전 가을, 탁탁히 낀 안개를 꿰며 연안 바다를 지나가던 그의 배는 몹시 부는 바람으로 말미암아 파선(배가 파괴됨)을 하여 벗 몇 사람은 죽고, 그는 정신을 잃고 물 위에 떠돌고 있었다.

그가 겨우 정신을 차린 때는 밤이었다. 그리고 어느덧 그는 뭍 위에 올라와 있었고, 그를 말리느라고 새빨갛게 피워 놓은 불빛으로 자기를 간호하는 아우를 보았다.

그는 이상하게 놀라지도 않고 천천히 물었다.

"너! 어떻게 여기 완?"

아우는 잠자코 한참 있다가 겨우 대답하였다.

"형님, 거저 다 운명이외다."

따뜻한 불기운에 잠이 들려다가 그는 화닥닥 깨면서 또 말하였다.

"10년 동안에 되게 파리했구나(몸이 마르고 핏기가 없다)."

"형님, 나두 변했거니와, 형님두 되게 늙으셨쉐다!"

이 말을 꿈결같이 들으면서 그는 또 혼혼히(정신이 가물가물하고 희미하

다) 잠이 들었다. 그리하여 두어 시간, 꿀보다도 단 잠을 잔 뒤에 깨어 보니 아까같이 새빨간 불은 피워 있지마는 아우는 어디로 갔는지 없어졌다. 겨우 사람에게 물어보니까, 아까 아우는 그의 얼굴을 물끄러미 한참 들여다보고 있다가 새빨간 불빛을 등으로 받으면서 터벅터벅 아무 말 없이 어두움 가운데로 스러졌다 한다.

이튿날 아무리 알아보아야 그의 아우는 종적이 없어지고 알 수 없으므로, 그는 할 수 없이 다른 배를 얻어 타고 또 물길을 나섰다. 그리하여 그의 배가 해주에 이르렀을 때, 그는 해주장에 들어가서 무엇을 사려다가 저편 가게에 걸핏 그의 아우와 같은 사람이 있으므로 뛰어가서 보니 그는 벌써 없어졌다. 배가 해주에는 오래 머무르지 않으므로, 그는 마음을 해주에 남겨 두고 또다시 바닷길을 떠났다.

그 뒤에 3년을 이리저리 돌아다녀서도 아우는 다시 볼 수가 없었다.

그리하여 3년을 지나서 지금부터 6년 전에, 그의 탄 배가 강화도를 지날 때에 바다로 행한 가파로운 뫼켠에서 바다로 향하여 날아오는 배따라기를 들었다. 그것도 어떤 구절과 곡조는 그의 아우 특색으로 변경된─그의 아우가 아니면 부를 사람이 없는 그 배따라기였다.

배가 강화도에 머물지 않아서 그저 지나갔으나, 인천서 열흘쯤 머물게 되었으므로, 그는 곧 내려서 강화도로 건너갔다. 거기서 여기저기 찾아다니다가 어떤 조그만 객줏집에서 물어보니, 이름도 그의 아우요, 생긴 모양도 그의 아우인 사람이 묵어 있기는 하였으나, 사나흘 전에 도로 인천으로 갔다 한다. 그는 곧 돌아서서 인천으로 건

너가서 찾아보았지만, 그 조그만 인천서도 그의 아우는 찾을 바가 없었다.

그 뒤에 눈 오고 비 오며 6년이 지났지만, 그는 다시 아우를 만나보지 못하고 아우의 생사까지 알 수 없었다.

이야기를 끝낸 그를 다시는 볼 수 없다

말을 끝낸 그의 눈에는 저녁 해에 반사하여 몇 방울의 눈물이 번득인다.

나는 한참 있다가 겨우 물었다.

"노형의 데수(제수)는?"

"모르디오. 20년을 영유는 안 가 봤으니깐요."

"노형은 이제 어디루 갈 테요?"

"것두 모르디요. 덩처(정처. 정한 곳)가 있나요. 바람 부는 대루 몰려 댕기디요."

그는 다시 한 번 나를 위하여 배따라기를 불렀다. 아아! 그 속에 잠겨 있는 삭이지 못할 뉘우침! 바다에 대한 애처로운 그리움!

노래를 끝낸 다음에 그는 일어서서 시뻘건 저녁 해를 잔뜩 등으로 받고, 을밀대로 향하여 더벅더벅 걸어갔다. 나는 그를 말릴 힘이 없어서 눈이 멀거니 그의 등만 바라보고 앉아 있었다.

그날 밤, 집에 돌아와서도 그 배따라기와 그의 숙명적 경험담이 귀에 쟁쟁히 울리어 한잠도 못 이루고, 이튿날 아침 깨어서 조반도 안

먹고 기자묘로 뛰어가서 또다시 그를 찾아보았다. 그가 어제 깔고 앉았던 풀은, 모두 한편으로 누워서 그가 다녀감을 기념하되, 그는 그 근처에 보이지 않았다.

그러나, 그러나 배따라기는 어디선가 쟁쟁히 울리어서 모든 소나무들을 떨리지 않고는 안 두겠다는 듯이 날아온다.

"모란봉이다. 모란봉에 있다!"

하고, 나는 한숨에 모란봉으로 뛰어갔다. 모란봉에는 사람이 하나도 없다. 부벽루에도 없다.

"을밀대다!"

하고 나는 다시 을밀대로 갔다. 을밀대에서 부벽루로 연한, 지옥까지 연한 듯한 구렁텅이에 물 한 방울도 안 새리라고 **빽빽**이 난 소나무의 그 모든 잎잎은 떨리는 배따라기를 부르고 있지만 그는 여기에도 있지 않다. 기자묘의, 하늘을 향하여 퍼져 나간 그 모든 소나무의 천만의 잎잎도, 그 아래쪽 퍼진 천만의 풀들도, 모두 그 배따라기를 슬프게 부르고 있지만, 그는 이 조그만 모란봉 일대에선 찾을 수가 없었다.

강가에 나가서 알아보니 그의 배는 오늘 새벽에 떠났다 한다.

그 뒤에, 여름과 가을이 가고 1년이 지나서 다시 봄이 이르렀으되, 잠깐 평양을 다녀간 그는 그 숙명적 경험과 슬픈 배따라기를 남겨 둘 뿐 다시 조그만 모란봉엔 나타나지 않는다.

모란봉과 기자묘에 다시 봄이 이르러서, 작년에 그가 깔고 앉아서 부러졌던 풀들도 다시 곱게 대가 나서 자줏빛 꽃이 피려 하지만, 끝없는 뉘우침을 다만 한낱 배따라기로 하소연하는 그는, 이 조그만 모란봉과 기자묘에서 다시 볼 수가 없었다. 다만 그가 남기고 간 배따라기만 추억하는 듯이, 기념하는 듯이 모든 잎잎이 속삭이고 있을 따름이다.

이야기 따라잡기

　'나'는 3월 대동강의 아름다운 풍치에 한껏 취해 있다가 어디선가 경치와는 다른 구슬픈 노랫소리를 듣는다. 그 소리는 고생 많이 하고 순진해 보이는 어떤 사내가 부르는 영유 배따라기다. '나'는 사내를 찾아가 사연을 묻고, 사내는 자신의 이야기를 들려준다.

　'그'는 젊고 예쁜 아내와 영유에서 살았다. 그의 아우도 결혼을 하여 같은 동네에서 살고 있는데 둘은 고기잡이를 매우 잘하여 풍족하게 생활하고 있었다. 그러나 그는 아우와 아내의 사이를 의심하고 아내가 아우를 챙길 때마다 아내를 때리거나 욕을 퍼붓는다.

　그러던 어느 날 그가 장에 아내를 위해 거울을 사러 갔다 돌아왔는데 집에서 아우와 아내가 헝클어진 모습으로 있는 것을 보게 된다. 그는 쥐를 잡으려다 그렇게 되었다는 말을 믿지 않고 아우를 내쫓고, 아내를 때린다. 견디다 못한 아내는 집을 나간다. 해가 진 후 방에서 정말 쥐 한 마리가 나오자, 그는 아내와 아우의 말을 믿지 못한 것을 후회한다. 그리고 아내가 곧 돌아올 거라 생각하며 기다린다. 하지만 아내는 물에 뛰어들어 자살하고, 그 소식을 알게 된 아우는 영유를 떠나 떠돌게 된다.

　그는 뱃사람이 되어 아우를 찾아 방방곡곡을 돌아다닌다. 그러다 우연히 아우를 만나게 되지만 아우는 그저 모든 것이 다 운명이라는 말을 남기고 그를 떠난다. 이후 아우의 소식을 듣기는 하지만 만나지는 못한다.

　그의 이야기를 듣고 난 후 '나'는 대동강에서도, 그 어디에서도 그를 만나지 못한다.

쉽게 읽고 이해하기

형제 간의 숙명적인 비극

　「배따라기」는 액자식 구성으로 외부의 이야기는 '나'가 배따라기를 잘 부르는 사내의 이야기를 듣는 1인칭 관찰자 시점이며, 내부의 이야기는 '그'에게 들은 이야기를 '나'가 말하는 전지적 작가 시점이다. '나'는 그의 노랫소리에 이끌려 그의 사연을 듣게 된다. 그의 이야기는 그와 그의 동생, 그리고 아내와 관련된 이야기로 그가 왜 좋은 날씨에 애절하고 구슬픈 배따라기를 부르고 있는지 설명해 준다.

　외부의 이야기는 그가 배따라기를 부르는 사내를 찾아가서 그가 어떤 사람인지를 관찰한 내용이다. 즉 화자인 '나'가 이야기의 중심이 되는 인물의 이야기를 꺼내게 될 것임을 암시하고 있는 것이다. 내부의 이야기는 그의 이야기이지만 실제로 이야기를 이끄는 사람은 '나'다. '나'가 그에게 들은 이야기를 전하기 때문에 앞으로 일어날 일과 그의 감정까지 다 알고 있는 상태로 이야기를 전한다. 따라서 전지적 작가의 시점으로 서술되어 있다.

그는 아내를 무척 사랑하지만 아내에게 자신의 속마음을 드러내지 못하는 무뚝뚝한 성격이다. 반면 아내는 정이 많고 사람들과 잘 어울리는 밝은 성격이다. 이러한 성격으로 인해 '그'는 아내를 오해하게 된다. 결국 아내는 죽고, 동생과는 이별한다. 아내와 동생을 모두 사랑했던 '그'는 잠깐의 질투심으로 인해 결국 모두를 잃게 되는 것이다. '쥐'라는 작고 보잘것없는 매개체로 인해 사랑하는 아내와의 행복한 삶, 뛰어난 고기잡이 실력으로 풍족하게 살고 있던 형제의 의좋은 삶 등이 한순간에 무너져 버린다. 이는 인생이 얼마나 허무하고 무상한 것인가를 보여 준다.

아내가 죽은 후 그는 집 나간 동생을 찾아 배를 타며 전국 각지를 돌아다니지만 동생을 찾을 길이 없다. 그러다 파선으로 인해 우연히 만난 동생은 그에게 이 모든 것이 '운명'이라고 말한다. 동생은 자신들의 비극을 숙명으로 받아들이고 이를 체념한다. 반면 형은 이러한 비극이 자신으로부터 시작되었다고 생각하여 죄를 용서받기 위해 동생을 찾아 헤맨다.

형과 동생은 모두 떠돌고 있다. 형은 속죄 의식을 가지고 자신의 운명을 받아들이지 못해 떠돌고 있고 동생은 자신의 삶을 숙명으로 받아들이며 떠돌고 있는 것이다. 둘은 끝내 만나지 못한다. 결국 형은 형제의 비극적 숙명을 받아들이고 끝없는 뉘우침을 배따라기로 하소연한다.

배따라기를 통한 비극미의 강조

　'나' 는 하늘에 구름 한 점 없는 좋은 날씨에 대동강을 향한 모란봉 기슭에 누워 있다. 푸르른 봄의 아름다운 날씨에 취해 자연을 만끽하고 있는 '나' 는 우연히 '영유 배따라기' 를 듣게 된다. 아름다운 봄의 풍경과는 대조적인 배따라기는 속절없는 애처로움을 느끼게 한다. 그 노래를 부른 사람은 고생 많이 한 듯하고 순진해 보이는 한 뱃사람이었다.

　남자의 외모에서부터 그에게 사연이 있을 거라는 것을 짐작할 수 있지만, 그가 부르는 노래가 배따라기라는 점에서 이미 그에게 어떠한 애절한 사연이 있을 것이라는 걸 추측할 수 있다. 특히 배따라기의 가사가 먼저 소개되어 그가 누군가와 헤어졌으며("강변에 나왔다가/나를 보더니만/혼비백산하여/꿈인지 생시인지/와르륵 달려들어"), 뱃사람이지만 뱃일을 원치 않음("뱃놈 노릇은 하지 마라")을 알 수 있다. 이러한 배따라기의 노래는 먼저 소개된 화창한 날씨, 봄의 아름다운 경치와는 대조를 이루어 더욱 비극적인 아름다움을 느끼게 한다.

　'나' 가 배따라기 소리에 끌려 그를 만났듯이 그 역시 배따라기 소리로 동생을 알아본다. 그가 탄 배가 강화도를 지날 때 그는 아우가 아니면 부를 사람이 없는 배따라기 소리를 듣는다. 그래서 강화도에 가 동생을 찾지만 결국 둘은 만나지 못한다. 즉 배따라기 소리는 서로를 찾을 수 있는 매개체인 것이다. 배따라기의 아름답고 구슬픈 곡조에도 불구하고 두 형제의 운명은 거역할 수 없다. 결국 동생을 만나지 못한 채 그는 배따라기를 부르며 이곳저곳을 헤맨다.

'나' 역시 그의 배따라기 소리를 듣고 싶어 그의 이야기를 들었던 곳으로 가 보지만 그는 찾아볼 수 없다. 여름과 가을이 가고, 또다시 봄이 왔지만 그는 모란봉에 나타나지 않는다. 그가 깔고 앉아서 부러졌던 풀들도 다시 곱게 대가 나서 자줏빛 꽃을 피우려 한다는 묘사에서 아름다움이 더해지지만, 그를 다시 볼 수 없다는 점에서 애잔한 그리움이 강조되고 있다. 아름다운 풍경과 배따라기의 구슬픈 가사, 그리고 그의 사연이 더해져 사라져 가는 것에 대한, 그리고 형제 간에 있었던 비극적 운명이 아름다움으로 승화되어 더욱 비극미를 극대화한다.

공손하기 때문에 잃는 것은 만원버스의 좌석뿐이다.

— 아일랜드 격언

「감자」(『조선문단』, 1925)는

가난에 찌든 주인공 복녀가

돈 때문에 도덕적으로 타락해가는 모습과

타인을 생각하지 않는

사람들의 비정한 인심을 그린 단편소설이다.

감자

복녀의 부처는 이젠 이 빈민굴의 한 부자였다.

등장인물

복녀 빈민굴에서 남편과 힘겹게 살아가는 가난한 아낙네. 정직한 농가에서 자라 도덕적 관념이 있었으나 정절을 팔아 돈을 벌 수 있음을 알게 된 후 타락한다. 결국 왕 서방에 의해 비참한 최후를 맞게 된다.

복녀 남편 무능력하고 게으르며 비정한 남편. 일을 하지 않아 재산을 모두 잃고 복녀가 벌어오는 돈으로 생계를 겨우 유지한다. 아내의 죽음보다 자신의 이익을 더 중요하게 여긴다.

왕 서방 중국인 지주. 돈을 주고 복녀와 관계를 가지지만 아내를 얻게 되면서 복녀와 갈등을 겪게 된다. 실수로 복녀를 죽이고 이를 은폐한다.

감자

복녀는 가난하지만 규칙 있게 자란 처녀다

싸움, 간통, 살인, 도둑, 징역. 세상의 모든 비극과 활극의 근원지인 칠성문 밖 빈민굴로 오기 전까지는 복녀의 부처는 (사농공상의 제2위에 드는) 농민이었다.

복녀는 원래 가난은 하나마 정직한 농가에서 규칙 있게 자라난 처녀였다. 예전 선비의 엄한 규율은 농민으로 떨어지자부터 없어졌다하나, 그러나 어딘지는 모르지만 딴 농민보다는 좀 똑똑하고 엄한 가율(집안의 규율이나 기풍)이 그의 집에 그냥 남아 있었다. 그 가운데서 자라난 복녀는 물론 다른 집 처녀들같이 여름에는 벌거벗고 개울에서 멱감고, 바짓바람으로 동네를 돌아다니는 것을 예사로 알기는 알았지만, 그러나 그의 마음속에는 막연하나마 도덕이라는 것에 대한 저품('두려움'의 옛말. 저프다)을 가지고 있었다.

가난한 복녀는 돈 때문에 시집을 간다

그는 열다섯 살 나는 해에 동네 홀아비에게 80원에 팔려서 시집이라는 것을 갔다. 그의 새서방(영감이라는 편이 적당할까)이라는 사람은 그보다 20년이나 위로서, 원래 아버지의 시대에는 상당한 농민으로 밭도 몇 마지기가 있었으나 그의 대로 내려오면서는 하나둘 줄기 시작하여서 마지막에 복녀를 산 80원이 그의 마지막 재산이었다. 그는 극도로 게으른 사람이었다. 동네 노인의 주선으로 소작 밭깨나 얻어 주면 종자만 뿌려 둔 뒤에는 후치('보습'의 방언. 쟁기나 가래 따위의 농기구에 끼우는 삽 모양의 쇳조각 보습으로는 땅을 달아 흙덩이를 일으킴.)질도 안하고 김도 안 매고 그냥 내버려 두었다가는 가을에 가서는 되는대로 거둬서 '금년에 흉년입네' 하고 전주(田主) 집에는 가져도 안 가고 혼자 먹어 버리곤 하였다. 그러니까 그는 한 밭을 이태를 연하여 부쳐본 일이 없었다. 이리하여 몇 해를 지내는 동안 그는 그 동네에서는 밥을 못 얻으리만큼 인심과 신용을 잃고 말았다.

복녀가 시집을 간 뒤 한 3, 4년은 장인의 덕으로 이렁저렁 지내 갔으나 예전 선비의 꼬리인 장인도 차마 사위를 믿게 보기 시작하였다. 그들은 처가에까지 신용을 잃게 되었다.

그들 부처는 여러 가지로 의논하다가 하릴없이 평양성 안으로 막벌이로 들어왔다. 그러나 게으른 그에게는 막벌이나마 역시 되지 않았다. 하루 종일 지게를 지고 연광정에 가서 대동강만 내려다보고 있으니, 어찌 막벌이인들 될까. 한 서너 달 막벌이를 하다가 그들은 요행 어떤 집 막간(행랑)살이로 들어가게 되었다.

그러나 그 집에서도 얼마 안 되어 쫓겨 나왔다. 복녀는 부지런히 주인집 일을 보았지만 남편의 게으름은 어찌할 수가 없었다. 맨날 복녀는 눈에 칼을 세워 가지고 남편을 채근하였지만 그의 게으른 버릇은 개를 줄 수는 없었다.

"뱃섬 좀 치워 달라우요."

"남 졸음 오는데, 님자 치우시관."

"내가 치우나요."

"20년이나 밥을 처먹고 그걸 못 치워!"

"에이구, 칵 죽구나 말디."

"이년, 뭘!"

이러한 싸움이 그치지 않다가 마침내 그 집에서도 쫓겨 나왔다.

이젠 어디로 가나? 그들은 하릴없이 칠성문 밖 빈민굴로 밀리어 나오게 되었다. 칠성문 밖을 한 부락으로 삼고 그곳에 모여 있는 모든 사람들의 정업(正業, 직업이나 생업)은 거러지요, 부업으로는 도둑질과 (자기네끼리의) 매음, 그 밖에 이 세상의 모든 무섭고 더러운 죄악이었다. 복녀도 그 정업으로 나섰다.

복녀는 윤리 의식 때문에 남들처럼 돈을 벌 수 없다

그러나 열아홉 살의 한창 좋은 나이의 여편네에게는 누가 밥인들 잘 줄까.

"젊은 거이 거랑질은 왜."

그런 소리를 들을 때마다 그는 여러 가지 말로 남편이 병으로 죽어가거니 어쩌거니 핑계는 대었지만, 그런 핑계에는 단련된 평양 시민의 동정은 역시 살 수가 없었다. 그들은 이 칠성문 밖에서도 가장 가난한 사람 가운데 드는 편이었다. 그 가운데서 잘 수입되는 사람은 하루에 5리짜리 돈푼으로 1원 7, 80전의 현금을 쥐고 돌아오는 사람까지 있었다. 극단으로 나가서는 밤에 돈벌이를 나갔던 사람은 그날 밤 40원을 벌어 가지고 그 근처에서 담배 장사를 하기 시작한 사람까지 있었다.

복녀는 열아홉 살이었다. 얼굴도 그만하면 **빤빤**하였다. 그 동네 여인들의 보통 하는 일을 본받아서, 그도 돈벌이 좀 잘 하는 사람의 집에라도 간간 찾아가면 매일 5, 60전은 벌 수가 있었지만 선비의 집안에서 자라난 그는 그런 일은 할 수가 없었다.

그들 부처는 역시 가난하게 지냈다. 굶는 일도 있었다.

일 안하고 노는 여인들이 더 많은 돈을 받았다

기자묘 솔밭에 송충이가 끓었다. 그때 평양부에서는 그 송충이를 잡는 데 (은혜를 베푸는 뜻으로) 칠성문 밖 빈민굴의 여인들을 인부로 쓰게 되었다.

빈민굴 여인들은 모두가 자원을 하였다. 그러나 뽑힌 것은 겨우 50명쯤이었다. 복녀도 그 뽑힌 사람 가운데 한 사람이었다.

복녀는 열심으로 송충이를 잡았다. 소나무에 사다리를 놓고 올라가서는 송충이를 집게로 집어서 약물에 잡아 넣고, 또 그렇게 하고 그의 통은 잠깐 사이에 차곤 하였다. 하루에 32전씩의 품삯이 그의 손에 들어왔다.

그러나 대엿새 하는 동안에 그는 이상한 현상을 하나 발견하였다. 그것은 다른 것이 아니라, 젊은 여인부 한 여남은 사람은 언제든 송충이는 안 잡고 아래서 지절거리며 웃고 날뛰기만 하고 있는 것이었다. 뿐만 아니라 그 놀고 있는 인부의 품삯은 일하는 사람의 삯전보다 8전이나 더 많이 내어주는 것이다. 감독은 한 사람뿐이었는데, 감독도 그들의 놀고 있는 것을 묵인할 뿐 아니라 때때로 자기까지 섞여서 놀고 있었다. 어떤 날 송충이를 잡다가 점심때가 되어서, 나무에서 내려와서 점심을 먹고 다시 올라가려 할 때에 감독이 그를 찾았다.

"복네! 애, 복네!"

"왜 그릅네까?"

"좀 오나라."

그는 말없이 감독 앞에 갔다.

"내, 너 음…… 데 뒤 좀 가 보디 않갔니?"

"뭘 하레요?"

"글쎄, 가야……."

"가디요. 형님!"

그는 돌아서면서 부인들 모여 있는 데로 고함쳤다.

"형님두 갑세다가레."

"싫다 얘, 둘이서 재미나게 가는데 내가 무슨 맛에 가갔니?"

복녀는 얼굴이 새빨갛게 되면서 감독에게로 돌아섰다.

"가 보자."

감독은 저편으로 갔다. 복녀는 머리를 숙이고 따라갔다.

"복네 도캈구나."

뒤에서 이런 소리가 들렸다. 복녀의 숙인 얼굴은 더욱 빨갛게 되었다.

복녀의 도덕관이 바뀐다

그날부터 복녀도 '일 안 하고 품삯 많이 받는 인부'의 한 사람으로 되었다.

복녀의 도덕관 내지 인생관은 그때부터 변하였다.

그는 여태껏 딴 사내와 관계를 한다는 것을 생각하여 본 일도 없었다. 그것은 사람의 일이 아니요 짐승의 하는 것쯤으로만 알고 있었다. 혹은 그런 일을 하면 탁 죽어지는지도 모를 일로 알았다.

그러나 이런 이상한 일이 다시 있을까. 사람인 자기도 그런 일을 한 것을 보면 그것은 결코 사람으로 못할 일도 아니었다. 게다가 일 안 하고도 돈 더 받고, 신장된 유쾌가 있고 빌어먹는 것보다 점잖고…….

일본말로 하자면 '삼박자(三拍子)' 같은 좋은 일이 이것뿐이었다. 이 것이야말로 삶의 비결이 아닐까. 뿐만이 아니라 이 일이 있은 뒤부터 그는 처음으로 한 개 사람이 된 것 같은 자신까지 얻었다.

그 뒤부터는 그의 얼굴에 조금씩 분도 발리게 되었다.

1년이 지났다.

그의 처세의 비결은 더욱더 순탄히 진척되었다. 그의 부처는 인제는 그리 궁하게 지내지는 않게 되었다.

그의 남편은 이것이 결국 좋은 일이라는 듯이 아랫목에 누워서 벌신벌신 웃고 있었다.

복녀의 얼굴은 더욱 이뻐졌다.

"여보, 아즈바니. 오늘은 얼마나 벌었소?"

복녀는 돈 좀 많이 벌은 듯한 거지를 보면 이렇게 찾는다.

"오늘은 많이 못 벌었쉐다."

"얼마?"

"도무지 열서너 냥."

"많이 벌었쉐다가레. 한 댓 냥 꽤 주소고래."

"오늘은 내가……."

어쩌고어쩌고 하면 복녀는 곧 뛰어가서 그의 팔에 늘어진다.

"나한테 들킨 댐에는 뀌구야 말아요."

"난, 원, 이 아즈마니 만나문 야단이더라. 자, 꽤 주디. 그 대신 응? 알아 있디?"

"난 몰라요, 해해해해."

"모르문, 안 줄 테야."

"글쎄, 알았대두 그른다."

그의 성격은 이만큼 진보되었다.

복녀는 일하지 않아도 돈 버는 방법을 안다

가을이 되었다.

칠성문 밖 빈민굴의 여인들은 가을이 되면 칠성문 밖에 있는 중국인의 채마밭에 감자(고구마)며 배추를 도둑질하러 밤에 바구니를 가지고 간다. 복녀도 감자깨나 도둑질하여 왔다.

어떤 날 밤 그는 감자를 한 바구니 잘 도적질하여 가지고 이젠 돌아가려고 일어설 때에, 그의 뒤에 시커먼 그림자가 서서 그를 꽉 붙들었다. 보니 그것은 그 밭의 주인인 중국인 왕 서방이었다. 복녀는 말도 못하고 멀찐멀찐 발아래만 내려다보고 있었다.

"우리 집에 가!"

왕 서방은 이렇게 말하였다.

"가재문 가디. 원, 것도 못 갈까."

복녀는 엉덩이를 한 번 휙 두른 뒤에 머리를 젖히고 바구니를 저으면서 왕 서방을 따라갔다.

한 시간쯤 뒤에 그는 왕 서방의 집에서 나왔다. 그가 밭고랑에서 길로 들어서려 할 때에 문득 뒤에서 누가 그를 찾았다.

"복네 아니야?"

복녀는 획 돌아서 보았다. 거기는 자기 곁집 여편네가 바구니를 끼고 어두운 밭고랑을 더듬더듬 나오고 있었다.

"형님이댔쉐까? 형님도 들어갔댔쉐까?"

"님자두 들어갔댔나?"

"형님은 뉘 집에?"

"나? 눅(陸) 서방네 집에, 님자는?"

"난 왕 서방네……. 형님 얼마 받았소?"

"눅서방 그 깍쟁이놈, 배추 세 페기(포기)……."

"난 3원 받았다."

복녀는 자랑스러운 듯이 대답하였다.

10분쯤 뒤에 그는 자기 남편과 그 앞에 돈 3원을 내놓은 뒤에 아까 그 왕 서방의 이야기를 하면서 웃고 있었다.

그 뒤부터 왕 서방은 무시로 복녀를 찾아왔다.

한참 왕 서방이 눈만 멀찐멀찐 앉아 있으면, 복녀의 남편은 눈치를 채고 밖으로 나간다. 왕 서방이 돌아간 뒤에는 그들 부처는 1원 혹은 2원을 가운데 놓고 기뻐하곤 하였다.

복녀는 차차 동네 거지들한테 애교를 파는 것을 중지하였다. 왕 서방이 분주하여 못 올 때가 있으면 복녀는 스스로 왕 서방의 집까지 찾아갈 때도 있었다.

복녀의 부처는 이젠 이 빈민굴의 한 부자였다.

왕 서방은 마누라를 사 오고 복녀는 코웃음을 친다

그 겨울도 가고 봄에 이르렀다.

그때 왕 서방은 돈 100원으로 어떤 처녀를 하나 마누라로 사 오게 되었다.

"흥."

복녀는 다만 코웃음만 쳤다.

"복녀, 강짜(강샘. 질투)하갔구만."

동네 여편네들이 이런 말을 하면 복녀는 '흥' 하고 코웃음을 웃곤
하였다.

내가 강짜를 해? 그는 늘 힘 있게 부인하고 하였다. 그러나 그의 마
음에 생기는 검은 그림자는 어찌할 수가 없었다.

"이놈 왕 서방, 네 두고 보자."

왕 서방이 색시를 데려오는 날이 가까웠다. 왕 서방은 여태껏 자랑
하던 기다란 머리를 깎았다. 동시에 그것은 새색시의 의견이라는 소
문이 퍼졌다.

"흥."

복녀는 역시 코웃음만 쳤다.

마침내 새색시가 오는 날이 이르렀다. 칠보단장에 사인교를 탄 색
시가 칠성문 밖 채마밭 가운데 있는 왕 서방의 집에 이르렀다. 밤이
깊도록 왕 서방의 집에는 중국인들이 모여서 별한 악기를 뜯으며 별
한 곡조로 노래하며 야단하였다.

복녀는 집 모퉁이에 숨어 서서 눈에 살기를 띠고 방 안의 동정을 듣
고 있었다.

다른 중국인들은 새벽 2시쯤 하여 돌아갔다. 그 돌아가는 것을 보
면서 복녀는 왕 서방의 집 안에 들어갔다. 복녀의 얼굴에는 분이 하얗

게 발리어 있었다.

신랑 신부는 놀라서 그를 쳐다보았다. 그것을 무서운 눈으로 흘겨보면서 그는 왕 서방에게 가서 팔을 잡고 늘어졌다. 그의 입에서는 이상한 웃음이 흘렀다.

"자, 우리 집으로 가요."

왕 서방은 아무 말도 못하였다. 눈만 정처 없이 두룩두룩하였다. 복녀는 다시 한 번 왕 서방을 흔들었다.

"자, 어서."

"우리, 오늘은 일이 있어 못 가."

"일은 밤중에 무슨 일."

"그래두 우리 일이……."

복녀의 입에 여태껏 떠돌던 이상한 웃음은 문득 없어졌다.

"이까짓 것!"

그는 발을 들어서 치장한 신부의 머리를 찼다.

"자, 가자우, 가자우."

왕 서방은 와들와들 떨었다. 왕 서방은 복녀의 손을 뿌리쳤다.

복녀는 쓰러졌다. 그러나 곧 일어섰다. 그가 다시 일어설 때는 그의 손에 얼른얼른하는 낫이 한 자루 들리어 있었다.

"이 되놈, 죽어라. 이놈, 나 때렸디! 이놈아, 아이구, 사람 죽이누나."

그는 목을 놓고 처울면서 낫을 휘둘렀다. 칠성문 밖 외따른 밭 가운데 홀로 서 있는 왕 서방의 집에서는 일장의 활극이 일어났다. 그러나 그 활극도 곧 잠잠하게 되었다. 복녀의 손에 들리어 있던 낫은 어느덧 왕 서방의 손으로 넘어가고 복녀는 목으로 피를 쏟으며 그 자리에 고꾸라져 있었다.

복녀의 시체를 두고 세 사람이 둘러앉다

복녀의 송장은 사흘이 지나도록 무덤으로 못 갔다. 왕 서방은 몇 번을 복녀의 남편을 찾아갔다. 복녀의 남편도 때때로 왕 서방을 찾아갔다. 둘의 사이에는 무슨 교섭하는 일이 있었다.

사흘이 지났다.

밤중에 복녀의 시체는 왕 서방의 집에서 남편의 집으로 옮겨졌다. 그리고 시체에는 세 사람이 둘러앉았다. 한 사람은 복녀의 남편, 한 사람은 왕 서방, 또 한 사람은 어떤 한방 의사. 왕 서방은 말없이 돈주머니를 꺼내어 10원짜리 지폐 석 장을 복녀의 남편에게 주었다. 한방 의사의 손에도 10원짜리 두 장이 갔다.

이튿날 복녀는 뇌일혈(뇌출혈)로 죽었다는 한방의의 진단으로 공동 묘지로 실려갔다.

이야기 따라잡기

복녀는 가난하긴 해도 정직한 농민인 부모 밑에서 규칙 있게 자라 다른 집 처녀들과는 다르게 막연하나마 도덕 관념이 있는 처녀다. 그러나 가세가 점점 기울자 복녀는 80원에 동네 홀아비에게 팔려 시집을 가게 된다.

나이 많은 새서방은 지독한 게으름뱅이라 일을 제대로 하지 않는다. 복녀를 사 온 돈이 마지막 재산이었기에 두 사람은 어느 집 행랑살이로 들어가게 된다. 그러나 게으른 남편 때문에 그 집에서도 쫓겨나 칠성문 밖 빈민굴로 내몰린다.

어느 날 평양부에서 기자묘 솔밭에 끓는 송충이를 제거하기 위해 칠성문 밖 빈민굴의 여인들을 인부로 쓰게 되었는데 복녀도 지원해 뽑힌다. 열심히 일하던 복녀는 일을 하지 않아도 혼나지 않고 돈도 더 받아 가는 젊은 여인들을 보며 이상하게 여긴다. 그러던 중 감독관이 복녀를 부르고 그때부터 복녀도 그 여인들과 같이 일하지 않아도 돈을 더 많이 벌 수 있게 된다. 이후로 복녀는 거지들에게도 애교를 팔아 돈을 번다.

어느 날 왕 서방네 감자밭에서 감자를 훔치던 복녀는 왕 서방에게 들키게 되고 왕 서방네 집으로 가 남녀 간의 정을 나누고 3원을 받는다. 그 이후 왕 서방과 복녀는 서로의 집을 왕래하게 되며 복녀네는 빈민굴 안에서 부유한 집이 된다.

　그러다가 왕 서방이 처녀를 사서 결혼을 하게 되자 이를 못마땅하게 여긴 복녀는 결혼식 첫날밤 왕 서방의 신혼 방으로 들어간다. 복녀는 왕 서방의 손을 잡고 자신의 집으로 가자고 애원하지만 왕 서방은 거절한다. 이에 화가 난 복녀는 왕 서방을 낫으로 죽이려 한다. 그러나 이를 저지하려던 왕 서방에 의해 오히려 복녀가 죽게 된다.

　왕 서방은 복녀의 남편과 한방 의사에게 돈을 주고 합의한다. 이튿날 복녀는 뇌출혈 판정을 받고 공동묘지로 실려 간다.

쉽게 읽고 이해하기

환경에 의한 도덕적 타락

「감자」는 환경에 따라 변화하는 복녀의 심리를 3인칭 관찰자 시점으로 잘 묘사하고 있는 작품이다. 작품 속에서의 환경은 크게 빈민굴밖의 세상과 안의 세상으로 나뉜다.

빈민굴 밖의 세상에서는 정조 관념을 지키는 것이 당연한 일이지만안의 세상은 다르다. 빈민굴은 '싸움, 간통, 살인, 도둑'이 가득한 세상이고 그런 것들이 당연시되는 곳이다. 이에 따라 복녀의 생각과 가치관도 '빈민굴'을 중심으로 크게 바뀐다.

빈민굴로 오기 전까지 복녀는 정조를 지키는 처녀였다. 비록 가난하지만 정직한 농가에서 엄한 가정교육을 받고 자랐으며, 열심히 일해서 돈을 벌며 정당한 삶을 살려고 노력했다. 하지만 나아지는 것은아무것도 없다. 남편은 여전히 게으르고, 그들의 삶은 점점 더 빈곤해져 갈 뿐이다. 그리하여 복녀와 복녀 남편은 빈민굴로 내몰리게 된다.

빈민굴로 온 후 복녀는 송충이를 잡는 일을 하게 된다. 그곳에서 그녀는 일을 하지 않고도 돈을 벌 수 있는 방법을 알게 된다. 엄한 가정 교육을 받은 복녀였던 만큼 그것에 대해 의아하게 여겼지만, 잠깐의 타락으로 인해 더 많은 돈을 받게 되자 도덕적 정절보다는 물질적 이익을 더 중요시하게 된다. "일 안 하고도 돈 더 받고, 신장된 유쾌가 있고 빌어먹는 것보다 점잖고"라고 생각하며 자신의 행위를 합리화한다. 이후 중국인 지주 왕 서방을 만나 정을 나누게 되면서 복녀는 빈민굴에서 가장 부유해진다.

복녀가 한순간에 가치관을 바꾸게 된 데에는 빈민굴이라는 환경의 영향이 크다. 복녀의 도덕적 타락은 빈민굴에서 부정적이지 않고 오히려 긍정적이다. 복녀에게 손가락질을 하는 사람도 없고 "복네 도캈구나"라며 복녀를 부러워한다. 그녀의 남편도 복녀가 어떻게 돈을 벌어 오는지 알면서도 묵인할 뿐만 아니라 벌어온 돈을 보고 좋아한다. 왕 서방이 찾아오면 살며시 자리를 비켜 주며 복녀를 돕기까지 한다. 복녀는 자신이 가지고 있던 도덕적 가치관을 버리고 새로운 환경에 적응하게 된 것이다. 그러나 이러한 변화는 결국 비극을 초래하게 된다.

시대적 상황이 낳은 비극적 결말

김동인의 소설 속 등장인물들은 대부분 비극적 결말을 맞이한다. 환경에 따른 도덕적 타락에 의한 비극, 오해로 인한 숙명적 비극(「배따라기」), 미에 대한 광적인 동경에 의한 비극(「광화사」) 등이 있다.

이러한 비극들은 등장인물의 어떠한 행동이 발단이 되어 일어난다. 「감자」에서의 비극은 복녀의 도덕적 타락으로부터 비롯된다.

그러나 복녀의 이러한 심경의 변화는 복녀가 의도한 것이라기보다는 빈곤층으로 살아야 하는 삶의 고단함과 어려움으로 인해 어쩔 수 없이 선택하게 된 것에 가깝다. 이러한 태도는 당시의 시대적 상황과 관련지어 이야기할 수 있다. 일제강점기에 우리의 땅은 대부분 외국인 지주의 차지가 되었다. 따라서 식민지인인 우리 민족은 점점 더 가난해질 수밖에 없었다. 일본인 지주들과 중국인 지주들은 땅뿐만 아니라 빈민층의 정절까지도 돈으로 샀지만 이러한 횡포에도 가난했기 때문에 당하고 있을 수밖에 없었다. 가진 자는 더욱 부유해지고 없는 자는 더욱 빈곤해지는 현실에서 복녀는 가난을 벗어나는 방법은 정절을 파는 것밖에 없다고 생각하고 당시의 물질만능주의적 사상과 타협하게 된 것이다.

「감자」는 한 인간의 도덕적 타락만을 다룬 것이 아니라 당시의 암울했던 시대적 상황을 동시에 다루고 있다. 처음부터 빈민굴에 살았던 것이 아니라 가난으로 인해 빈민굴에 들어오게 된 복녀는 결국 중국인 지주에 의해 죽음을 맞이하게 된다. 이 소설은 빈곤층의 삶과 지주들의 횡포로 인해 비극적 결말을 맞이할 수밖에 없는 당시의 민족적 설움과 아픔을 한 여인의 도덕적 타락을 통해 그리고 있다.

자신감은 큰일을 해내기 위한 첫 번째 필수 조건이다.
— 새뮤얼 존슨(영국의 시인이며 평론가, 1709~1784)

「광염 소나타」(『중외일보』, 1930)는

천재적 재능을 가진 음악가가

예술을 위해 광기 어린 행동을 하다가

비극적 결말을 맞이하는 내용으로,

예술과 범죄 사이의 문제를 그리고 있는

단편소설이다.

광염 소나타

천 년에 한 번, 만 년에 한 번 날지 못 날지
모르는 큰 천재를, 몇 개의 변변찮은 범죄를 구실로
이 세상에서 없애 버린다는 것은 더 큰 죄악이 아닐까요?

등장인물

백성수 천재 작곡가. 역시 천재적인 음악가였던 아버지의 유복자로 태어났다. 천부적 재능이 있었으나 표출하지 못하다가 우연한 방화 사건으로 인해 자신의 예술적 재능을 찾는다. 음악비평가 K와 함께 생활하며 작곡가로서 재능을 발휘하지만 광기 어린 행위 없이는 작곡을 하지 못해 결국 정신병원에 가게 된다.

K 서술자. 음악비평가로 이름을 널리 알린 인물로 백성수의 아버지와 동창생. 우연히 백성수를 만나게 되고 그의 재능을 키워 주려고 노력한다.

사회교화자 모씨 사회교화자. K의 이야기를 듣는다.

광염 소나타

K는 모씨에게 백성수의 이야기를 하고자 한다

독자는 이제 내가 쓰려는 이야기를, 유럽의 어떤 곳에 생긴 일이라고 생각하여도 좋다. 혹은 4, 50년 뒤에 조선을 무대로 생겨날 이야기라고 생각하여도 좋다. 다만 이 지구상의 어떠한 곳에 이러한 일이 있었는지도 모르겠다, 있는지도 모르겠다, 혹은 있을지도 모르겠다, 가능성만은 있다……. 이만치 알아 두면 그만이다.

그런지라, 내가 여기 쓰려는 이야기의 주인공 되는 백성수(白性洙)를 혹은 알베르트라 생각하여도 좋을 것이요, 짐이라 생각하여도 좋을 것이요, 또는 호모(胡某, 중국 이름)나 기무라모(木村某, 일본 이름)로 생각하여도 괜찮다. 다만 사람이라 하는 동물을 주인공 삼아 가지고 사람의 세상에서 생겨난 일인 줄만 알면…….

이러한 전제로써, 자, 그러면 내 이야기를 시작하자.

"기회(찬스)라 하는 것이 사람을 망하게도 하고 흥하게도 하는 것을 아시오?"

"네, 새삼스레 연구할 문제도 아닐걸요."

"자, 여기 어떤 상점이 있다 합시다. 그런데 마침 주인도 없고 사환도 없고 온통 비었을 적에 우연히 그 앞을 지나가던 신사가…… 그 신사는 재산도 있고 명망도 있는 점잖은 사람인데…… 그 신사가 빈 상점을 들여다보고 혹은 이렇게 생각할 수도 있지 않아요? 통 비었으니깐 도적놈이라도 넉넉히 들어갈게다, 들어가서 훔치면 아무도 모를 테다, 집을 왜 이렇게 비워 둔담…… 이런 생각 끝에 혹은 그…… 그 뭐랄까, 그 돌발적 변태심리로써 조그만 물건 하나(변변치도 않고 욕심도 안 나는)를 집어서 주머니에 넣는 경우가 있을지도 모르지 않겠습니까?"

"글쎄요."

"있습니다, 있어요."

어떤 여름날 저녁이었다. 도회를 떠난 교외 어떤 강변에 두 노인이 앉아서 이런 이야기를 하고 있었다. 그 기회론을 주장하는 사람은 유명한 음악비평가 K씨였다. 듣는 사람은 사회교화자인 모씨였다.

"글쎄, 있을까요?"

"있어요. 좌우간 있다 가정하고, 그러한 경우에 그 책임은 어디 있습니까?"

"동양 속담 말에 외밭에서는 신 끈도 다시 매지 말랬으니 그 신사가 책임을 질까요?"

"그래 버리면 그뿐이지만, 그 신사는 점잖은 사람으로서 그런 절대적 기묘한 찬스만 아니더라면 그런 마음은커녕 염도 내지도 않을 사람이라 생각하면 어찌 됩니까?"

"……."

"말하자면 죄는 '기회'에 있는데, '기회'라는 무형물은 벌은 할 수가 없으니깐 그 신사를 가해자로 인정할 수밖에 지금은 없지요."

"그렇습니다."

"또 한 가지…… 사람의 천재라 하는 것도 경우에 따라서는 어떤 '기회'가 없으면 영구히 안 나타나고 마는 일이 있는데, 그 '기회'란 것이 어떤 사람에게서 그 사람의 '천재'와 '범죄 본능'을 한꺼번에 끌어냈다면 우리는 그 '기회'를 저주하여야겠습니까, 축복하여야겠습니까?"

"글쎄요."

"선생은 백성수라는 사람을 아시오?"

"백성수? 잘, 기억이 없는데요."

"작곡가(作曲家)로서 그……."

"네, 생각납니다. 유명한 〈광염 소나타〉의 작가 말씀이지요?"

"네, 그 사람이 지금 어디 있는지 아십니까?"

"모릅니다. 뭐, 발광했단 말이 있었는데……."

"네, 지금 ○○정신병원에 감금돼 있는데 그 사람의 일대기를 이야기할게 들으시고 사회교화자로서의 의견을 말씀해 주십쇼."

백성수의 아버지는 천재적인 음악가였다

내가 이제 이야기하려는 백성수의 아버지도 또한 천분(天分, 타고난 직분, 재능) 많은 음악가였습니다. 나와는 동창생이었는데 학생 시대부터 벌써 그의 천분은 넉넉히 볼 수가 있었습니다. 그는 작곡과를 전공하였는데 때때로 스스로 작곡을 하여서는 밤중에 혼자 피아노를 두드리고 하여서 우리들로 하여금 뜻하지 않게 일어나게 하고 하였습니다. 그리고 우리는 그 밤중에 울려오는 야성적 선율에 몸을 소스라치고 하였습니다.

그는 야인(野人)이었습니다. 광포스런(미친 듯이 포악한) 야성은 때때로 비위에 틀리면 선생을 두들기기가 예사이며, 우리 학교 근처의 술집이며 모든 상점 주인들은 그에게 매깨나 안 얻어맞은 사람이 없었습니다. 그러한 야성은 그의 음악 속에 풍부히 잠겨 있어서 오히려 그 야성적 힘이 그의 예술을 더 빛나게 하는 것이었습니다.

그러나 그가 학교를 졸업하고 난 뒤에 그 야성은 다른 곳으로 발전되고 말았습니다. 술! 술! 무서운 술이었습니다. 아침부터 저녁까지, 저녁부터 아침까지, 술잔이 그의 입에서 떠나지를 않았습니다. 그리고 술을 먹고는 여편네들에게 행패를 하고, 경찰서에 구류(죄인을 1일 이상 30일 미만 동안 유치장이나 교도소에 가두는 형벌)를 당하고, 나와서는 또 같은 일을 하고…….

작품? 작품이 다 무엇이외까. 술을 먹은 뒤에 취흥에 겨워 때때로 피아노 앞에 앉아서 즉흥으로 탄주(현악기를 연주함)를 하고 하였는데,

지금 생각하면 그 귀기(鬼氣, 귀신이 나타날 것만 같은 무시무시한 기운)가 사람을 엄습하는 힘과 야성(베토벤 이래로 근대 음악가에서 발견할 수 없었던)…… 그건 보물이라 하여도 좋을 것이 많았지만 우리들은 각각 제 길 닦기에 바쁜 사람이라 주정꾼의 즉흥악(즉흥적인 음악)을 일일이 베껴 둔다든가 그런 일은 꿈에도 생각하지 않았습니다.

우리들은 그의 장래를 생각하여 때때로 술을 삼가기를 권고하였지만 그런 야인에게 친구의 권고가 무슨 소용이 있겠습니까.

"술? 술은 음악이다!"

하고는 하하하하 웃어 버리고 다시 술집으로 달아나고 합디다.

그러한 지 7, 8년이 지난 뒤에 그는 아주 폐인이 되고 말았습니다. 술이 안 들어가면 그의 손은 떨렸습니다. 눈에는 눈곱이 꼈습니다. 그리고 술이 들어가면, 술이 들어가면 그는 그 광포성을 발휘하였습니다. 누구를 막론하고 붙잡고는 입에 술을 부어넣어 주었습니다. 그러다가는 장소를 불문하고 아무 데나 누워서 잡니다.

사실 아까운 천재였습니다. 우리들 사이에는 때때로 그의 천분을 생각하고 아깝게 여기는 한숨이 있었지만 세상에서는 그 '장래가 무서운 한 천재'가 있었다는 것을 몰랐습니다.

그러는 동안에 그는 어떤 양가의 처녀를 어떻게 관계를 맺어서 애까지 뱄습니다. 그러나 그 애의 출생을 보지 못하고 아깝게도 심장마비로 죽어 버리고 말았습니다.

그 유복자로 세상에 나온 것이 백성수였습니다.

그러나 우리는 백성수가 세상에 출생되었다는 풍문만 들었지, 그

애 아버지가 죽은 뒤부터 그 애의 소식이며 그 애 어머니의 소식은 일절 몰랐습니다. 아니, 몰랐다는 것보다 그 집안의 일은 우리의 머리에서 온전히 잊혀 버리고 말았습니다.

음악비평가 K는 예배당에서 명상을 즐긴다

30년이란 세월이 흘렀습니다.

10년이면 산천도 변한다 하는데 30년 사이의 변천을 어찌 이루 다 말하겠습니까. 좌우간 그동안에 나는 내 이름을 닦아 놓았습니다. 아시다시피 지금 K라 하면 이 나라에서 첫 손가락을 꼽는 음악비평가가 아닙니까. 견실한(하는 일이나 생각, 태도 따위가 믿음직스럽고 착실한) 지도적 비평가 K라면 이 나라의 음악계의 권위이며, 나의 한마디는 음악가의 가치를 결정하는 판결문이라 하여도 옳을 만치 되었습니다. 많은 음악가가 내 손 아래서 자랐으며 많은 음악가가 내 지도로써 이름을 날렸습니다.

재작년 이른 봄 어떤 날이었습니다.

그때 나는 조용한 밤중의 몇 시간씩을 ○○예배당에 가서 명상으로 시간을 보내는 것이 습관이 되어 있었습니다. 언덕 위에 홀로 서 있는 집으로서, 조용한 밤중에 혼자 앉아 있노라면 때때로 들보에서 놀라 깬 비둘기의 날갯소리와 간간이 기둥에서 뚝뚝 하는 소리밖에는 아무 소리도 들리지 않는, 말하자면 나 같은 괴상한 성미를 가진 사람이 아니면 돈을 주면서 들어가래도 들어가지 않을 음침한 집이었습니다. 그러나 나 같은 명상을 즐기는 사람에게는 다른 데에서 구하기 힘들도록 온갖 것을 가진 집이었습니다. 외따로고 조용하고 음침하며 간간히 알지 못할 신비한 소리까지 들리며 멀리서는 때때로 놀란 듯한 기적(汽笛, 기차 등의 경적) 소리도 들리는…… 이것뿐으로도 상당한데, 게다가 이 예배당에는 피아노도 한 대 있었습니다. 예배당에 오르간은 있을지나 피아노가 있는 곳은 쉽지 않은 것으로서 무슨 흥이나 날 때에는 피아노에 가서 한 곡조 두드리는 재미도 또한 괜찮았습니다.

그날 밤도(아마 2시는 지났을걸요) 그 예배당에서 혼자 눈을 감고 조용한 맛을 즐기고 있노라는데, 갑자기 저편 아래에서 재재 하는 소리가 납디다. 그래서 눈을 번쩍 뜨니까 화광(火光, 불빛)이 충천하였는데, 내다보니까 언덕 아래 어떤 집에 불이 붙으며 사람들이 왔다 갔다 야단이었습니다.

이렇게 말하면 어떨지 모르지만 그다지 멀지 않은 곳에서 불붙는 것을 바라보는 맛도 괜찮은 것이었습니다. 일어서는 불길이며 퍼져 나가는 연기, 불씨의 날아나는 양, 그 가운데 거뭇거뭇 보이는 기둥, 집의 송장, 재재거리는 사람의 무리, 이런 것은 어떻게 생각하면 과연 시도 될지며 음악도 될 것이었습니다. 옛날에 네로가 로마의 불붙는 것을 바라보면서, 자기는 비파를 뜯고 노래를 하였다는 것도 음악가의 견지로 보면 그다지 나무랄 것이 아니었습니다.

나도 그때에 그 불을 보고 차차 흥이 났습니다.

'네로를 본받아서 나도 즉흥으로 한 곡조 두드려 볼까.'

어렴풋이 이런 생각을 하며 나는 그 불을 정신없이 바라보고 있었습니다.

K는 예배당에서 뛰어난 연주를 하는 백성수를 만난다

그때였습니다. 갑자기 덜컥덜컥 하는 소리가 들리더니 예배당 문이 열리며 웬 젊은 사람 하나가 낭패한 듯이 뛰어 들어왔습니다. 그리고 무엇에 놀란 사람 같이 두리번두리번 사면을 살피더니, 그래도 내가 있는 것은 못 보았는지 저편에 있는 창 안에 가서 숨어 서서 아래에서 붙는 불을 내다봅니다.

나는 꼼짝을 못하였습니다. 좌우간 심상스런 사람은 아니요, 방화범이나 도적으로밖에는 인정할 수 없지 않겠습니까? 그래서 꼼짝을 못하고 서 있노라니까 그 사람은 한참 정신없이 서 있다가 한숨을 쉽니다. 그리고 맥없이 두 팔을 늘어뜨리고 도로 나가려고 발을 떼려다가 자기 곁에 피아노가 놓인 것을 보더니 교의(交椅, 의자)를 끌어다 놓고 피아노 앞에 주저앉고 말겠지요. 나도 거기서는 그만 직업적 흥미에 끌렸습니다. 그래서 무엇을 하나 보자 하고 있노라니까 뚜껑을 열더니 한 번 쿵 하고 시험을 해 보아요. 그리고 조금 있더니 다시 쿵쿵 하고 시험을 해 보겠지요.

이때부터 그의 숨소리가 차차 높아 가기 시작했습니다. 씩씩거리며 몹시 흥분된 사람같이 몸을 떨다가 벼락같이 양손을 키 위에 갖다가 덮었습니다. 그 다음 순간으로 C# 단음계의 알레그로가 시작되었습니다.

처음에는 다만 흥미로써 그의 모양을 엿보고 있던 나는 그 알레그로가 울려 나오는 순간 마음이 끝까지 긴장되고 흥분되었습니다.

그것은 순전한 야성적 음향이었습니다. 음악이라 하기에는 너무 힘 있고 무기교(無技巧, 기교가 없음)였습니다. 그러나 음악이 아니라기에는 거기는 너무 괴롭고도 무겁고 힘 있는 '감정'이 들어 있었습니다. 그것은 마치 야밤의 종소리와도 같이 사람의 마음을 무겁고 음침하게 하는 음향인 동시에 맹수의 부르짖음과 같이 사람으로 하여금 소름 돋치게 하는 무서운 감정의 발현이었습니다. 아아, 그 야성적 힘과 남성적 부르짖음, 그 아래 감추어 있는 침통한 주림과 아픔, 순박하고도 아무 기교가 없는 그 표현!

나는 털썩 그 자리에 주저앉고 말았습니다. 그리고 음악가의 본능으로써 뜻하지 않게 주머니에서 오선지와 연필을 꺼내었습니다. 피아노의 울려 나가는 소리에 따라서 나의 연필은 오선지 위에서 뛰놀았습니다. 등불도 없는지라 손짐작으로.

좀 급속도로 시작된 빈곤, 거기 연하여 주림, 꺼져 가는 불꽃과 같은 목숨, 그러한 것을 지나서 한참 연속되는 완서조(緩徐調, 느린 곡조)의 압축된 감정, 갑자기 튀어나오는 광포, 거기 연한 쾌미(快味, 쾌감), 홍소(哄笑, 떠들썩하게 웃음)……. 이리하여 주화조(主和調, 조화로운 곡조)로서 탄주는 끝이 났습니다. 더구나 그 속에 나타나 있는 압축된 감정이며 주림 또는 맹렬한 불길 등이 사람의 마음에 주는 그 처참함이며 광포성은 나로 하여금 아직 '문명'이라 하는 것의 은택에 목욕해 보지 못한 야인을 연상하게 하였습니다.

탄주가 다 끝이 난 뒤에도 나는 정신을 못 차리고 망연히 앉아 있었습니다. 물론 조금이라도 음악에 소양이 있는 사람일 것 같으면 이제 그 소나타를 음악에 대하여 정통으로 아무러한 수양도 받지 못한 사람이 다만 자기의 천재적 즉흥뿐으로 탄주한 것임을 알 것입니다. 해결이 없이 감칠도화현(減七度和絃, 감7화음. 조성을 애매하게 하거나 조바꿈을 할 때 많이 사용)이며 증육도화현(增六度和絃, 증6화음. 버금딸림화음의 각 음에 반음계적 변화를 더한 것)을 범벅으로 섞어 놓았으며 금칙(禁則, 금하는 규칙)인 병행오팔도(竝行五八度, 병행5도와 병행8도로 음과 음 사이가 5도인 것과 8도인 것으로 화성학에서 정한 금칙)까지 집어넣은 것으로서, 더구나 스케르초(scherzo, 해학곡. 교향곡이나 협주곡의 3악장에 자주 쓰임.)는 온전히 뽑아 먹은, 대담하다면 대담하고 무식하다면 무식하달 수도 있는 방분(제멋대로. 거침이 없는) 자유한 소나타였습니다.

이때에 문득 내 머리에 떠오른 것은 30년 전에 심장마비로 죽은 백○○였습니다. 그의 음악으로서 만약 정통적 훈련을 뽑고 거기다가 야성을 더 집어넣으면 지금 내 눈앞에 있는 그 음악가의 것과 같은 것이 될 것이었습니다. 귀기가 사람을 엄습하는 듯한 그 힘과 방분스런 표현과 야성…… . 이것은 근대 음악가에게 구하기 힘든 보물이었습니다.

그 소나타에 취하여 한참 정신이 어리둥절해 앉았던 나는 고즈넉이 일어서서, 그 피아노 앞에 가서 그의 어깨에 가만히 손을 얹었습니다. 한 곡조를 타고 나서 아주 곤한 듯 정신없이 앉아 있던 그는 펄떡 놀라며 일어서서 내 얼굴을 보았습니다.

"자네 몇 살 났나?"

나는 그에게 이렇게 첫말을 물었습니다. 가슴이 답답한 나로서는 이런 말밖에는 갑자기 다른 말이 생각 안 났습니다. 그는 높은 창에서 들어오는 달빛을 받고 있는 내 얼굴을 한순간 쳐다보고 머리를 돌이키고 말았습니다.

"배고프나?"

나는 두 번째 그에게 물었습니다.

그는 시끄러운 듯이 벌떡 일어섰습니다. 그리고 달빛에 비친 내 얼굴을 정면으로 바라보다가,

"아, K 선생님 아니세요?"

하면서 나를 붙들었습니다. 그래서 그렇노라고 하니깐,

"사진으로는 늘 뵈었습니다만……."

하면서 다시 맥없이 나를 놓으며 머리를 돌렸습니다.

그 순간, 그가 머리를 돌이키는 순간 달빛에 얼핏, 나는 그의 얼굴을 처음으로 보았습니다. 그리고 나는 거기서 뜻밖에 30년 전에 죽은 벗 백○○의 모습을 발견하였습니다.

"자, 자네 이름이 뭔가?"

"백성수……."

"백성수? 그 백○○의 아들이 아닌가. 30년 전에, 자네가 나오기 전에 세상 떠난……."

그는 머리를 번쩍 들었습니다.

"네? 선생님, 어떻게 아세요?"

"백○○의 아들인가? 같이두 생겼다. 내가 자네의 아버지와 동창이네. 아아, 역시 그 애비의 아들이다."

그는 한숨을 길게 쉬며 머리를 수그려 버렸습니다.

백성수는 광기 어린 연주를 한다

나는 그날 밤 그 백성수를 데리고 집으로 돌아왔습니다. 그리고 비록 작곡상 온갖 법칙에는 어그러진다 하나 그만치 힘과 정열과 야성으로 찬 소나타를 거저 버리기가 아까워서 다시 한 번 피아노에 올라앉기를 명하였습니다. 아까 예배당에서 내가 베낀 것은 알레그로가 거의 끝난 곳부터였으므로 그전 것을 베끼기 위해서였습니다.

그는 피아노를 향하여 앉아서 머리를 기울였습니다. 몇 번 손으로 키를 두드려 보다가는 다시 머리를 기울이고 생각하고 하였습니다. 그러나 다섯 번, 여섯 번을 다시 해 보았으나 아무 효과도 없었습니다. 피아노에서 울려 나오는 음향은 규칙 없고 되지 않은 한낱 소음에 지나지 못하였습니다. 야성? 힘? 귀기? 그런 것은 없었습니다. 감정의 재뿐이었습니다.

"선생님, 잘 안 됩니다."

그는 부끄러운 듯이 연하게 고개를 기울이며 이렇게 말하였습니다.

"두 시간도 못 되어서 벌써 잊어버린담?"

나는 그를 밀어놓고 내가 대신하여 피아노 앞에 앉아서 아까 베낀 그 음보를 펴 놓았습니다. 그리고 내가 베낀 곳부터 타기 시작하였습니다.

화염(火炎)! 화염! 빈곤, 주림, 야성적 힘, 기괴한 감금당한 감정! 음보를 보면서 타던 나는 스스로 흥분이 되었습니다. 미상불(未嘗不, 아닌 게 아니라) 그때는 내 눈은 미친 사람같이 번득였으며, 얼굴은 흥분으로 새빨갛게 되었을 것이었습니다.

그때에 그가 갑자기 달려들더니 나를 떠밀쳐 버렸습니다. 그리고 자기가 대신하여 앉았습니다.

의자에서 떨어진 나는 너무 흥분되어 다시 일어날 힘도 없이 그 자리에 앉은 대로 그의 하는 양을 쳐다보았습니다. 그는 나를 밀쳐 버린 다음에 그 음보를 들고서 읽기 시작하였습니다. 아아, 그의 얼굴! 그의 숨소리가 차차 높아지면서 눈은 미친 사람과 같이 빛을 내기 시작하였습니다. 그러더니 그 음보를 휙 내던지며 문득 벼락같이 그의 두 손은 피아노 위에 덮였습니다.

C# 단음계의 광포스런 소나타는 다시 시작되었습니다. 폭풍우같이 또는 무서운 물결같이 사람으로 하여금 숨 막히게 하는 그 힘, 그것은 베토벤 이래로 근대 음악가에서 보지 못했던 광포스런 야성이었습니다. 무섭고도 참담스런 주림, 빈곤, 압축된 감정, 거기서 튀어나온 맹염(猛炎, 세차게 타오르는 불꽃), 공포, 홍소……. 아아, 나는 너무 숨이 답답해 뜻하지 않게 두 손을 휙 내저었습니다.

가난했지만 백성수는 음악에 대한 열정으로 가득했다

그날 밤이 새도록, 그는 흥분이 되어서 자기의 과거를 일일이 다 이야기하였습니다. 그 이야기에 의지하면 대략 그의 경력은 이러하였습니다.

그의 어머니는 그를 밴 뒤에 곧 자기의 친정에서 쫓겨 나왔습니다.

그때부터 그의 가난함은 시작되었습니다.

그러나 교양이 있고 어진 그의 어머니는 품팔이를 할지언정 성수는 곱게 길렀습니다. 변변치는 않으나마 오르간 하나를 준비해 두고, 그가 잠자려 할 때에는 슈베르트의 자장가로써 그의 잠을 도왔으며, 아침에 깰 때에는 하루 종일 유쾌히 지내게 하기 위하여 다울런드(Dowland, 영국의 작곡가이자 류트 연주자)의 〈세컨드 왈츠〉로써 그의 원기를 돋우었습니다.

그는 세 살 났을 적에 어머니의 품에 안겨서 오르간을 장난해 보았습니다. 이 오르간을 장난하는 것을 본 어머니는 근근이 돈을 모아서 그가 여섯 살 나는 해에 피아노를 하나 샀습니다.

아침에는 새소리, 바람에 버석거리는 포플러 잎, 어머니의 사랑, 부엌에서 국 끓는 소리, 이러한 모든 것이 이 소년에게는 신비스럽고도 다정스러워 그는 피아노를 향하고 앉아서 생각나는 대로 키를 두드리고 하였습니다.

이러한 가운데 고이 소학과 중학도 마쳤습니다. 그러는 동안에 음악에 대한 동경은 그의 가슴에 터질 듯이 쌓였습니다.

중학을 졸업한 뒤에는 인젠 어머니를 위하여 그는 학업을 중지하지 않을 수가 없었습니다. 그는 어떤 공장의 직공이 되었습니다. 그러나 어진 어머니의 교육 아래서 길러난 그는 비록 직공은 되었다 하나 아주 온량한 사람이었습니다.

그리고 음악에 대한 집착은 조금도 줄지 않았습니다. 비록 돈이 없어서 정식으로 음악 교육은 못 받을망정 거리에서 손님을 끄느라고 틀어 놓은 유성기 앞이며 또는 일요일 날 예배당에서 찬양대의 노래에 젊은 가슴을 뛰놀리던 그였습니다. 집에서는 피아노 앞을 떠나 본 일이 없었습니다.

때때로 비상한 감흥으로 오선지를 내놓고 음보를 그려 본 적도 한두 번이 아니었습니다. 그러나 이상한 것은 그만치 뛰놀던 열정과 터질 듯한 감격도 음보로 그려 놓으면 아무 긴장도 없는 싱거운 음계가 되어버리고 하였습니다. 왜? 그만치 천분이 있고 그만치 열정이 있던 그에게서 왜 그런 재와 같은 음악만 나왔느냐고 물으실 테지요. 거기 대하여서는 이따가 설명하리다.

감격과 불안, 열정과 재, 비상한 흥분과 그 흥분에 대한 반비례되는 시원찮은 결과, 이러한 불만의 10년이 지났습니다.

백성수의 어머니는 죽고 백성수는 갈 곳이 없다

그의 어머니는 문득 몹쓸 병에 걸렸습니다.

자양(字養, 양육)과 약값을 위해 그의 몇 해를 근근이 모았던 돈은 차차 줄기 시작하였습니다. 조금이라도 안락한 생활이 되기만 하면 정식으로 음악에 대한 교육을 받으려고 모아 두었던 저금은 그의 어머니의 병에 다 들어갔습니다. 그러나 그의 어머니의 병은 차도가 보이지 않았습니다.

그리하여 그와 내가 그 예배당에서 만나기 전해 여름 어떤 날, 그의 어머니는 도저히 회복할 가망이 없는 중태에까지 빠지게 되었습니다. 그러나 그때는 벌써 그에게는 돈이라고는 다 떨어진 때였습니다.

그날 아침, 그는 위독한 어머니를 버려 두고 역시 공장에 갔습니다. 그러나 아무리 하여도 마음이 놓이지 않아서 일을 중도에 그만두고 집으로 돌아왔습니다. 그때 어머니는 벌써 혼수상태에 빠져 있었습니다. 가슴이 덜컥 내려앉은 그는 황급히 다시 뛰어나갔습니다. 그러나 어디로? 무얼 하러? 뜻 없이 뛰어나와서 한참 달음박질하다가, 그는 문득 정신을 차리고 의사라도 청할 양으로 힐끔 돌아섰습니다.

그때였습니다. 아까 내가 말한 바 '기회'라는 것이 그때 그의 앞에 나타났습니다. 그것은 조그만 담배 가게 앞이었는데 가게와 안방 새의 문은 닫겨 있었고, 안에는 미상불 사람이 있을지나 가게를 보는 사람은 눈에 안 띄었습니다. 그리고 그 담배 상자 위에는 50전짜리 은전 한 닢과 동전 몇 닢이 놓여 있었습니다.

그는 자기로도 무엇을 하는지 몰랐습니다. 의사를 청해 오려면 다만 몇십 전이라도 돈이 있어야겠다는 어렴풋한 생각만 가지고 있던 그는, 한 번 사면을 살핀 뒤에 벼락같이 그 돈을 쥐고 달아났습니다.

그러나 그는 스무 간도 뛰지 못하여 따라오는 그 집 사람에게 붙들렸습니다.

　그는 몇 번을 사정하였습니다. 마지막에는 자기의 어머니가 명재경
각(命在頃刻, 거의 죽게 되어 곧 숨이 끊어질 지경에 이름)이니, 한 시간만 놓
아 주면 의사를 어머니에게 보내고 다시 오마고까지 해 보았습니다.
그러나 그런 말은 모두 헛소리로 돌아가고, 그는 마침내 경찰서로 가
게 되었습니다.

　경찰서에서 재판소로 재판소에서 감옥으로……. 이러한 여섯 달 동
안에 그는 이를 갈면서 분해하였습니다. 자기 어머니의 운명이 어찌
되었나. 그는 손과 발을 동동 구르면서 안타까워했습니다. 만약 세상
을 떠났다 하면 떠나는 순간에 얼마나 자기를 찾았겠습니까. 임종에
도 물 한 잔 떠 넣어 줄 사람이 없는 어머니였습니다. 애타는 그 모
양, 목말라하는 그 모양을 생각하고는 그 어머니에게 지지 않게 자기
도 애타고 목말라했습니다.

　반년 뒤에 겨우 광명한 세상에 나와서 자기의 오막살이를 찾아가
매, 거기는 벌써 다른 사람이 들어 있었으며 그의 어머니는 반년 전에
아들을 찾으러 길에까지 기어 나와서 죽었다 합니다.

　공동묘지를 가 보았으나 분묘(무덤)조차 발견할 수가 없었습니다.

　이리하여 갈 곳이 없이 헤매던 그는 그날도 역시 잘 곳을 찾으러 헤
매다가 그 예배당(나하고 만난)까지 뛰어 들어온 것이었습니다.

백성수의 편지를 읽기 위해 K씨의 집으로 간다

여기까지 이야기해 오던 K씨는 문득 말을 끊었다. 그리고 마도로스 파이프를 꺼내 담배를 피워 가지고 빨면서 모씨에게 향하였다.

"선생은 이제 내가 이야기한 가운데 모순된 점을 발견 못 하셨습니까?"

"글쎄요."

"그럼 내가 대신 물으리다. 백성수는 그만치 천분이 많은 음악가였는데 왜 그 〈광염 소나타〉(그날 밤의 소나타를 〈광염 소나타〉라고 그랬습니다)를 짓기 전에는 그만치 흥분되고 긴장되었다가도 일단 음보로 만들어 놓으면 아주 힘없는 것이 되어 버리고 했겠습니까?"

"그거야 미상불 그때의 흥분이 〈광염 소나타〉를 지을 때의 흥분만 못한 연고겠지요."

"그렇게 해석하세요? 듣고 보니 그것도 한 해석이 되기는 합니다. 그러나 나는 그렇게 해석 안 하는데요."

"그럼 K씨는 어떻게 해석하십니까?"

"나는, 아니, 내 해석을 말하는 것보다 그 백성수한테서 내게로 온 편지가 한 장 있는데, 그것을 보여 드리리다. 선생은 오늘 바쁘시지 않으세요?"

"일은 없습니다."

"그러면 우리 집까지 잠깐 같이 가 보실까요?"

"가지요."

두 노인은 일어섰다.

도회와 교외의 경계에 달린 K씨의 집에까지 두 노인이 이른 때는 오후 너덧 시가 된 때였다.

두 노인은 K씨의 서재에 마주 앉았다.

"이것이 2, 3일 전에 백성수한테서 내게로 온 편지인데 읽어 보세요."

K씨는 서랍에서 기다란 편지 뭉치를 꺼내 모씨에게 주었다. 모씨는 받아서 폈다.

"가만, 여기서부터 보세요. 그 전에는 쓸데없는 인사이니까."

백성수는 복수하기 위해 불을 지른다

…… (중략) 그리하여 그날도 또한 이제 밤을 지낼 집을 구하느라고 돌아다니던 저는 우연히 그 집, 제가 전에 돈 50여 전을 훔친 집 앞에까지 이르렀습니다. 깊은 밤 사면은 고요한데 그 집 앞에서 잘 곳을 구하느라고 헤매던 저는 문득 마음속에 무서운 복수의 생각이 일어났습니다. 이 집만 아니었더라면, 이 집 주인이 조금만 인정이라는 것을 알았더라면, 저는 그 불쌍한 제 어머니로서 길에까지 기어 나와서 세상을 떠나게 하지는 않았겠습니다. 분묘가 어디인지조차 알지 못하여 꽃 한번 갖다가 꽂아 보지 못한 이러한 불효도 이 집 때문이외다. 이러한 생각에 참지를 못하여, 그 집 앞에 가려 있는 볏짚에다가 불을 놓았습니다. 그리고 거기 서서 불이 집으로 옮아 가는 것을 다 본 뒤

에 갑자기 무서운 생각이 나서 달아났습니다.

좀 달아나다 보매 아래에서는 벌써 사람이 꾀어들기 시작한 모양인데 이때에 저의 머리에 타오르는 생각은 통쾌하다는 생각과 달아나려는 생각뿐이었습니다. 그리하여 저는 몸을 숨기기 위하여 앞에 보이는 예배당 안으로 뛰어 들어갔습니다.

거기서 불이 다 꺼지도록 구경을 한 뒤에 나오려다가 피아노를 보고……

어진 교육은 천분을 발휘하지 못하게 한다

"이 보세요."

K씨는 편지를 보는 모씨를 찾았다.

"비상한 열정과 감격은 있어두 그것이 그대로 표현 안 된 것이 그것 때문이었습니다. 즉 성수의 어머니는 몹시 어진 사람으로서 어렸을 때부터 성수의 교육을 몹시 힘을 들여서 착한 사람이 되도록, 이렇게 길렀습니다그려. 그 어진 교육 때문에 그가 하늘에서 타고난 광포성과 야성이 표면상에 나타나지를 못하였습니다. 그 타오르는 야성적 열정과 힘이 음보로 그려 놓으면 아주 힘없는, 말하자면 김빠진 술과 같이 되고 하는 것이 모두 그 때문이었습니다그려. 점잖고 어진 교훈이, 그의 천분을 못 발휘하게 한 셈이지요."

"흠."

"그것이, 그 사람 성수가, 감옥 생활을 할 동안에 한 번 씻기는 하였으나, 그러나 사람의 교양이라 하는 것은 온전히 씻지는 못하는 것이외다."

"그러다가, 그 '원수'의 집 앞에서 갑자기, 말하자면 돌발적으로 야성과 광포성이 나타나서 불을 놓고 예배당 안에 숨어 서서 그 야성적 광포적 쾌미를 한껏 즐긴 다음에, 그에게서 폭발하여 나온 것이 그 〈광염 소나타〉였구려."

"일어서는 불길, 사람의 비명, 온갖 것을 무시하고 퍼져 나가는 불의 세력…… 이런 것은 사실 야성적 쾌미 가운데 으뜸이 되는 것이니깐요."

"……."

"아셨습니까? 그러면 그 다음에 그 편지의 여기부터 또 보세요."

…… (중략) 저는 그날의 일이 아직 눈앞에 어리는 듯하외다. 선생님이 저를 세상에 소개하기 위하여 늙으신 몸이 몸소 피아노에 앉으셔서 초대한 여러 음악가들 앞에서 제 〈광염 소나타〉를 탄주하시던 그 광경은 지금 생각하여도 제 눈에서 눈물이 나오려 합니다. 그때에 그 손님 가운데 부인 손님 두 분이 기절을 한 것은 결코 〈광염 소나타〉의 힘뿐이 아니고 선생의 그 탄주의 힘이 많이 섞인 것을 뉘라서 부인하겠습니까. 그 뒤에 여러 사람 앞에 저를 내세우고,

"이 사람이 〈광염 소나타〉의 작자이며 30년 전에 우리를 버려 두고 혼자 간 일대의 귀재 백○○의 아들이외다."

고 소개를 해 주신 그때의 그 감격은 제 일생에 어찌 잊사오리까.

그 뒤에 선생님께서 저를 위하여 꾸며 주신 방도 또한 제 마음에 가장 맞는 방이었습니다. 널따란 북향 방에 동남쪽 귀에 든든한 참나무 침대 하나, 서북쪽 귀에 아무 장식 없는 참나무 책상과 의자, 피아노가 하나씩, 그 밖에는 방 안에 장식이라고는 서남쪽 벽에 커다란 거울이 하나 있을 뿐, 덩더렇게 넓은 방은 사실 밤에 전등 아래 앉아 있노라면 저절로 소름이 끼치도록 무시무시한 방이었습니다. 게다가 방 안은 모두 꺼먼 칠을 하고, 창밖에는 늙은 홰나무의 고목이 한 그루 서 있는 것도 과연 귀기가 돌았습니다. 이러한 가운데에서 선생님은 저로 하여금 방분스런 음악을 낳도록 애써 주셨습니다.

저도 그런 환경 아래서 좋은 음악을 낳아 보려고 얼마나 애를 썼겠습니까. 어떤 날 선생님께 작곡에 대한 계통적 훈련을 원할 때에 선생님은 이렇게 대답하셨습니다.

"자네에게는 그러한 교육이 필요가 없어. 마음대로 나오는 대로 하게. 자네 같은 사람에게 계통적 훈련이 들어가면 자네의 음악은 기계화해 버리고 말아. 마음대로 온갖 규칙과 규범을 무시하고 가슴에서 터져나오는 대로……."

저는 이 말씀의 뜻을 똑똑히는 몰랐습니다. 그러나 대략의 의미만은 통하였습니다. 그리하여 저는 마음대로 한껏 자유스런 음악의 경지를 개척하려 하였습니다.

그러나 그동안에 제가 산출한 음악은 모두 이상히도 저의 이전(제 어머니가 아직 살아 계실 때)의 것과 마찬가지로 아무러한 힘도 없는 음향의 유희에 지나지 못하였습니다.

저는 얼마나 초조하였겠습니까. 때때로 선생님께서 채근 비슷이 하시는 말씀은 저로 하여금 더욱 초조하게 하였습니다. 그리고 마음이 초조하면 초조할수록 제게서 생겨나는 음악은 더욱 나약한 것이 되었습니다.

저는 때때로 그 불붙던 광경을 생각해 보았습니다. 그리고 그때에 통쾌하던 감정을 되풀이해 보려 하였습니다. 그러나 그것 역시 실패로 돌아갔습니다.

때때로 비상한 열정으로 음보를 그려 놓은 뒤에 몇 시간을 지나서 다시 한 번 읽어 보면 거기는 아무 힘이 없는 개념만 있고 하였습니다.

저의 마음은 차차 무거워지기 시작하였습니다. 그리고 큰 기대를 가지고 계신 선생님께도 미안하기가 짝이 없었습니다.

"음악은 공예품과 달라서 마음대로 만들고 싶은 때에 되는 것이 아니니 마음 놓고 천천히 감흥이 생긴 때에……."

이러한 선생님의 위로의 말씀을 듣기가 제 살을 깎아먹는 듯하였습니다. 그러나 제 마음상은 인제는 제게서 다시 힘 있는 음악이 나올 기회가 없는 것같이 생각되었습니다.

백성수는 음악을 위해 방화를 저지른다

이러는 동안에 무위의 몇 달이 지났습니다.

어떤 날 밤중, 가슴이 너무 무겁고 가슴속에 무엇이 가득 찬 것 같이 거북하여서 저는 산보를 나섰습니다. 무거운 머리와 무거운 가슴과 무거운 다리를 지향 없이 옮기면서 돌아다니다가 저는 어떤 곳에서 커다란 볏짚 낟가리를 발견하였습니다.

이때의 저의 심리를 어떻게 형용하였으면 좋을지 저는 모르겠습니다. 저는 무슨 무서운 적(敵)을 만난 것같이 긴장되고 흥분되었습니다. 저는 사면을 한 번 살펴보고, 그 낟가리에 달려가서 불을 그어서 놓았습니다. 그리고 갑자기 무섬증이 생겨서 돌아서서 달아나다가, 멀찌감치까지 달아나서 돌아보니까 불길은 벌써 하늘을 찌를 듯이 일어났습니다. 왁, 왁, 꺄, 꺄, 사람들이 부르짖는 소리도 들렸습니다. 저는 다시 그곳까지 가서, 그 무서운 불길에 날아 올라가는 볏짚이며 그 낟가리에 연달아 있는 집을 헐어 내는 광경을 구경하다가 문득 흥분되어서 집으로 돌아왔습니다.

그날 밤에 된 것이 〈성난 파도〉였습니다.

그 뒤에 이 도회에서 일어난 알지 못할 몇 가지의 불은 모두 제가 질러 놓은 것이었습니다. 그리고 불이 있던 날 밤마다 저는 한 가지의 음악을 얻었습니다. 며칠을 연하여 가슴이 몹시 무겁다가, 그것이 마침내 식체(음식에 의해서 비위가 상한 병증)와 같이 거북하고 답답하게 되는 때에 저는 뜻 없이 거리를 나갑니다. 그리고 그러한 날은 한 가지의 방화 사건이 생겨나며 그날 밤에는 한 곡의 음악이 생겨났습니다.

그러나 그것도 번수가 차차 많아 갈 동안, 저의, 그 불에 대한 흥분은 반비례로 줄어졌습니다. 온갖 것을 용서하지 않는 불꽃의 잔혹함도 그다지 제 마음을 긴장시키지 못하였습니다.

"차차, 힘이 적어져 가네."

선생님께서 제 음악을 보시고 이렇게 말씀하신 것이 그러한 때였습니다.

그러나 저는 게서 더할 도리가 없었습니다. 하는 수 없이 저는 한동안 음악을 온전히 잊어버린 듯이 내버려 두었습니다.

모씨가 성수의 마지막 편지를 여기까지 읽었을 때에, K씨가 찾았다.

"재작년 봄에서 가을에 걸쳐서 원인 모를 불이 많지 않았습니까. 그것이 죄 성수의 장난이었습니다그려."

"K씨는 그것을 온전히 모르셨습니까?"

"나요? 몰랐지요. 그런데, 그 어떤 날 밤이었구려. 성수는 기대에 반해서, 우리 집으로 온 지 여러 달이 됐지만 한 번도 힘 있는 것을 지어 본 일이 없겠지요. 그래서 저 사람에게 무슨 흥분될 재료를 줄 수가 없나 하고 혼자 생각하며 있더랬는데, 그때에 저편……."

K씨는 손을 들어 남쪽 창을 가리켰다.

"저편, 꽤 멀리서 불붙는 것이 눈에 뜨입디다그려. 그래서 저것을 성수에게 보이면 혹 그때의 감정(그때 나는 그 담배 장수네 집에 불이 일어난 것도 성수의 장난인 줄은 꿈에도 생각 안 했구려)을 부활시킬지도 모르겠다, 이렇게 생각하구 성수의 방으로 올라가려는데 문득 성수의 방에서 피아노 소리가 울려 나옵디다그려. 나는 올라가려던 발을 부지중 멈추고 말았지요. 역시 C# 단음계로서, 제1곡은 뽑아 먹고 아다지오에서 시작되는데, 고요하고 잔잔한 바다, 수평선 위로 넘어가려는 저녁 해, 이러한 온화한 것이 차차 스케르초로 들어가서는 소낙비, 풍랑, 번개질, 무서운 바람소리, 우레질, 전복되는 배, 곤해서 물에 떨어지는 갈매기, 한 번 뒤집어지면서 해일에 쓸려 나가는 동네 사람들의 부르짖음……. 흥분에서 흥분, 광포에서 광포, 야성에서 야성, 온갖 공포와 포학한 광경이 눈앞에 어릿거리는데, 이 늙은 내가 그만 흥분에 못 견디어 뜻하지 않게 '그만두어 달라'고 고함친 것만으로도 짐작하시겠지요. 그리고 올라가서 보니깐, 그는 탄주를 끝내고 피곤한 듯이 피아노에 기대고 앉아 있고, 이제 탄주한 것은 벌써 〈성난 파도〉라는 제목 아래 음보로 되어 있습디다."

"그러면 성수는 불을 두 번 놓고, 두 음악을 얻었다는 말씀이지요?"

"그렇지요. 그리고 그 뒤부터는 한 10여 일 건너서 하나씩 지었는데, 그것이 지금 보면 한 가지의 방화 사건이 생길 때마다 생겨난 것이었습니다. 그러나 그의 편지마따나, 얼마 지나서부터는 차차 그 힘과 야성이 적어지기 시작했지요. 그래서……."

"가만 계십쇼. 그 사람이 그다음에도 〈피의 선율〉이나 그 밖에 유명한 곡조를 여러 개 만들지 않았습니까?"

"글쎄 말외다. 거기 대한 설명은 그 편지를 또 보십쇼. 여기서부터 또 보시면 알리다."

백성수는 음악 때문에 광기에 휩싸인다

…… (중략) ○○다리 아래로 나오려는데, 무엇이 발길에 차이는 것이 있었습니다. 성냥을 그어 가지고 보니깐, 그것은 웬 늙은이의 송장

이었습니다. 저는 그것이 무서워서 달아나려다가, 돌아서려던 발을 다시 돌이켰습니다. 그리고…… 선생님은 이제 제가 쓰는 일을 이해 해주실는지요.

그것은 너무도 기괴한 일이라 저로서도 믿어지지 않은 일이었습니다. 그 송장을 타고 앉았습니다. 그리고 그 송장의 옷을 모두 찢어서 사면으로 내던진 뒤에, 그 벌거벗은 송장을 (제 힘이라 생각되지 않는) 무서운 힘으로써 높이 쳐들어서 저편으로 내던졌습니다. 그런 뒤에는, 마치 고양이가 알을 가지고 놀듯, 다시 뛰어가서 그 송장을 들어서 도로 이편으로 던졌습니다. 이렇게 몇 번을 하여 머리가 깨지고, 배가 터지고……. 그 송장은 보기에도 참혹스레 되었습니다. 그리하여 그 송장을 다시 만질 곳이 없이 된 뒤에, 저는 그만 곤하여 그 자리에 앉아서 쉬려다가 갑자기 마음이 긴장되고 흥분되어서 집으로 달려왔습니다. 그날 밤에 된 것이 〈피의 선율〉이었습니다.

"선생은 이러한 심리를 아시겠습니까?"
"글쎄요."
"아마, 모르실걸요. 그러나 예술가로서는 능히 머리를 끄덕일 수 있는 심리외다. 그리고 또 여기를 읽어 보십시오."

…… (중략) 그 여자가 죽었다는 것은 제게는 사실 뜻밖이었습니다. 저는, 그날 밤 혼자 몰래 그 여자의 무덤을 찾아갔습니다. 그리고 7, 8시간 전에 묻어 놓은 그의 무덤의 흙을 다시 파서 그의 시체를 꺼내

놓았습니다.

푸르른 달빛 아래 누워 있는 아름다운 그의 모양은 과연 선녀와 같았습니다. 가볍게 눈을 닫고 있는 창백한 얼굴, 곧은 콧날, 풀어헤친 검은 머리……. 아무 표정도 없는 고요한 얼굴은 더욱 처염함(처절하게 아름다움)을 도왔습니다. 이것을 정신없이 들여다보고 있던 저는 갑자기 흥분이 되어……. 아아, 선생님 저는 이 아래를 쓸 용기가 없습니다. 재판소의 조서를 보시면 저절로 아실 것이올시다.

그날 밤에 된 것이 〈사령(死靈)〉이었습니다.

"어떻습니까?"

"……."

"네?"

"……."

"언어도단(말할 길이 끊어짐. 어이가 없어서 할 말이 없음을 의미)이에요? 선생의 눈으로는 그렇게 뵈시리다. 또 여기를 읽어 보십쇼."

…… (중략) 이리하여 저는 마침내 사람을 죽인다 하는 경우에까지 이르렀습니다. 그리고 한 사람이 죽을 때마다 한 개의 음악이 생겨났습니다. 그 뒤부터 제가 지은 그 모든 것은 모두 다 한 사람씩의 생명을 대표하는 것이었습니다.

두 노인은 예술로 인한 범죄의 처벌에 대해 논한다

"인전(이제는) 더 보실 것이 없습니다. 그런데 그만큼 보셨으면 성수에 대한 대략한 일은 아셨을 터인데, 거기 대한 의견이 어떻습니까?"

"……."

"네?"

"어떤 의견 말씀이오니까?"

"어떤 '기회'라는 것이 어떤 사람에게서, 그 사람의 가지고 있는 천재와 함께, '범죄 본능'까지 끌어냈다 하면, 우리는 그 '기회'를 저주하여야겠습니까, 혹은 축복하여야겠습니까? 이 성수의 일로 말하자면 방화, 사체 모욕, 시간(시체를 강간함), 살인, 온갖 죄를 다 범했어요. 우리 예술가협회에서 별수단을 다 써서 정부에 탄원하고 재판소에 탄원하고 해서 겨우 성수를 정신병자라 하는 명목 아래 정신병원에 감금했지, 그렇지 않으면 당장에 사형이 아닙니까. 그런데 이제 그 편지를 보셔도 짐작하시겠지만 통상시에는 그 사람은 아주 명민하고 점잖고 온화한 청년입니다. 그러나 때때로, 그 뭐랄까, 그 흥분 때문에 눈이 아득해져서 무서운 죄를 범하고 그 죄를 범한 다음에는 훌륭한 예술을 하나씩 산출합니다. 이런 경우에 우리는 그 죄를 밉게 보아야 합니까, 혹은 그 범죄 때문에 생겨난 예술을 보아서 죄를 용서하여야 합니까?"

"그거야 죄를 범치 않고 예술을 만들어 냈으면 더 좋지 않습니까?"

"물론이지요. 그러나 이 성수 같은 사람도 있는 것이니깐 이런 경우엔 어떻게 해결하렵니까?"

"죄를 벌해야지요. 죄악이 성하는 것을 그냥 볼 수는 없습니다."

K씨는 머리를 끄덕였다.

"그렇겠습니다. 그러나 우리 예술가의 견지로는 또 이렇게 볼 수도 있습니다. 베토벤 이후로 음악이라 하는 것이 차차 힘이 빠져나가서 꽃이나 계집이나 찬미할 줄 알고 연애나 칭송할 줄 알아서 선이 굵은 것은 볼 수가 없게 되었습니다. 게다가 엄정한 작곡법이 있어서 그것은 마치 수학의 방정식과 같이 작곡에 대한 온갖 자유스런 경지를 제한해 놓았으니깐 이후에 생겨나는 음악은 새로운 길을 개척하기 전에는 한 기술이 될 것이지 예술이 될 수는 없습니다. 예술가에게는 이것이 쓸쓸해요. 힘 있는 예술, 선이 굵은 예술, 야성으로 충일된 예술…… 이것을 기다린 지 오래되었습니다. 그럴 때에, 백성수가 나타났습니다. 사실 말이지, 백성수의 예술은 그 하나하나가 모두 우리의 문화를 영구히 빛낼 보물입니다. 우리의 문화의 기념탑입니다. 방화? 살인? 변변찮은 집, 변변찮은 사람은 그의 예술의 하나가 산출되는 데 희생하라면 결코 아깝지 않습니다. 천 년에 한 번, 만 년에 한 번 날지 못 날지 모르는 큰 천재를, 몇 개의 변변찮은 범죄를 구실로 이 세상에서 없애 버린다는 것은 더 큰 죄악이 아닐까요? 적어도 우리 예술가에게는 그렇게 생각됩니다."

K씨는, 마주 앉은 노인에게서 편지를 받아서 서랍에 집어넣었다. 새빨간 저녁 해에 비쳐서 그의 눈에는 눈물이 반득였다.

이야기 따라잡기

음악비평가 K는 사회교화자 모씨와 기회에 대한 이야기를 나누던 중 백성수의 이야기를 꺼낸다. 그리고 백성수가 보낸 편지들을 보여주며 이야기를 이어간다.

백○○는 K와 같은 학교 출신으로 천재적인 음악가이나 광기에 어린 사람이다. 그는 폭력을 일삼고 술로 매일을 보내다 죽음을 맞이하고 유복자 백성수가 태어난다. 그사이에 K는 유명한 음악비평가가 되고 백성수는 가난하지만 어진 어머니 아래서 음악에 대한 열정을 배우며 자란다.

어느 날 어머니가 병에 들어 죽을 지경에 이르지만 돈이 없어 어쩌지 못하고 있을 때 백성수는 담배 가게에 놓인 동전을 훔치다가 붙잡힌다. 결국 그는 어머니의 임종을 지키지 못한다. 이에 화가 난 백성수는 우발적으로 담배 가게에 불을 지르고 예배당으로 도망친다. 그리고 예배당에 있던 피아노를 우연히 보고 광기에 휩싸여 연주하게 된다.

예배당에서 명상을 하고 있던 K는 광기에 어린 백성수의 천재적 피아노 연주를 듣고 그에 대해 궁금해한다. 그가 자신의 동창 백○○의 아들임을 알게 되고 그를 자신의 집으로 데려간다. 그러나 백성수는 그때와 같은 연주를 하지 못한다. 계속 불안해하던 백성수는 또다시 우발적 방화를 저지르게 된다. 연이은 방화 사건으로 백성수는 뛰어난 작곡을 하게 되지만 방화를 저지를수록 또다시 그의 음악은 힘을 잃어간다.

백성수는 다른 범죄들을 저지르게 되어 무덤을 파헤치고 살인하기에 이른다. 결국 그는 감옥에 가게 되지만, 예술가들의 도움으로 사형을 면하고 정신병원에 입원한다.

이야기가 끝나자 K는 모씨에게 예술을 위한 범죄는 용서되어야 하는지, 아니면 처벌되어야 하는 것인지 물어본다. K의 눈에는 눈물이 어린다.

쉽게 읽고 이해하기

예술에 대한 광적인 동경

이 작품은 김동인의 예술지상주의적 성격을 가장 잘 드러내고 있다. 예술의 완성을 위해서는 사람들의 희생도 불사해야 한다는 음악 비평가 K의 태도는 김동인 스스로가 말했던 악마적 사상이 움트기 시작했다는 것과 같다. 즉 예술에 대한 광적인 동경이 악마적 사상으로 나타난 백성수는 방화를 저지르고 심지어 살인까지 하게 되는 것이다. 유미주의 또는 탐미주의는 예술의 최고 가치가 미를 창조하는 것이라고 본다. 따라서 미를 창조하지 못하는 사람은 예술가로서 가치가 없으며 예술을 위해서는 어떠한 희생도 용인된다.

백성수는 방화를 저지른다. 물론 그 시작은 방화를 통해 미를 창조하는 것이 아니라 견딜 수 없는 현실에 대한 반항이자 자신도 모르는 사이에 일어난 일이었다. 그러나 이러한 광적인 행동이 그에게 〈광염 소나타〉라는 아름다운 곡을 지을 수 있게 했다. 이러한 행동은 결국 '방화 → 시체 모독 → 시체 간음 → 살인' 으로 점점 심화되어 나타난다. 단순한 방화로는 미의 창조가 더 이상 불가능해지자 점점 더 심화된 범죄를 저지르게 되고, 그때마다 새롭고 아름다운 예술을 창조하게 되는 것이다.

이에 대해 음악비평가 K는 백성수를 꾸짖지 않는다. 아름다운 음악을 창조한 백성수는 그 음악만으로도 충분히 가치를 인정받아야 하며 그가 저지른 범죄에 대해서도 용서해야 한다는 것이다. 즉 미의 창조를 위해서 평범한 사람들의 희생은 용인되어야 한다고 본다. 미에 대한, 그리고 예술에 대한 광적인 동경이 결국 있을 수 없는 일을 초래했으며 한 사람의 인생을 완전히 망쳐 버렸다. 그럼에도 불구하고 그의 예술은 여전히 남아 많은 사람에게 감동을 주고 있다.

유미주의 vs 사회적 가치

「광염 소나타」에는 두 가지 시각이 대립되어 있다. 유미주의적 태도에 의한 광포한 미의식과 반대로 인본주의이자 정신주의적인 도덕적 차원의 사회적 가치이다. 즉 예술적 아름다움이 우선이냐 사회적인 가치가 우선이냐의 문제이다.

이 소설에서 첫 범죄 이후 예술이 완성되는 곳은 예배당이다. 예배당은 신의 공간이자 거룩한 성전이다. 따라서 그 안에서 이루어지는 음악은 신을 찬양하거나 자신의 죄에 대한 속죄 의식을 담은 순결하고도 진실된 음악이어야 한다. 그러나 백성수가 거기서 완성한 음악은 방화를 저지르고 난 뒤에 그 불을 보고 느낀 광기로 만들어 낸 음악이다. 그럼에도 불구하고 그 음악은 사람들을 감동시키고도 남을 만큼 놀랍다. 여기서 김동인은 성스러운 공간과 광기에 사로잡힌 백성수를 대조시켜 광적인 미의식을 더욱 극대화시킨다.

또 하나의 대립은 소설의 서술자이자 음악평론가인 K와 대화를 나누고 있는 사람인 사회교화자 모씨이다. 음악평론가인 K는 훌륭한 음악을 위해서는 범죄도 눈감아 주어야 한다고 본다. 반면 사회교화자는 범죄자들에게 도덕적이고 사회적인 가르침을 주는 사람이다. 따라서 둘의 의견은 대립될 수밖에 없다. 그러나 이 소설에서 사회교화자는 K의 말에 대답만 할 뿐 반론을 제기하지 않는다. 이러한 태도는 사회적 가치보다는 유미주의적 가치를 더욱 중요시한 작가의 의도를 드러내는 것이라 볼 수 있다. 이를 통해 김동인은 백성수의 편지와 음악비평가 K의 말에 초점을 두어 악마적 사상이 움트더라도 예술적 가치가 있다면 어떠한 희생도 감수해야 한다는 예술지상주의, 유미주의(탐미주의) 태도를 보인다.

삶을 깨닫는 가장 정확한 길은 세상 만물을 사랑하는 것이다.
— 빈센트 반 고흐(네덜란드의 화가, 1853~1890)

「발가락이 닮았다」(『동광』, 1932)는

아이를 가질 수 없었던

한 아버지가 자신의 아이를 보며

친자인지 의심하면서도 닮은 점을 찾으려는

갈등과 아이러니를 그리고 있다.

발가락이 닮았다

"이놈의 발가락 보게. 꼭 내 발가락 아닌가? 닮았거든⋯⋯."

등장인물

M   '나'의 친구. 노총각으로 지내다가 뒤늦게 결혼한다. 젊은 시절의 방탕한 생
     활로 인해 아이를 가질 수 없으나 아내가 아이를 임신했다는 사실에 고민하
     게 된다.

나   의사. M의 친구로 M의 아내가 임신했다는 사실을 알고 의사로서의 양심 때
     문에 고민하면서도 친구 M을 위해 거짓말을 한다.

발가락이 닮았다

노총각 M이 결혼한다는 소식을 듣다

노총각 M이 혼약을 하였다.

우리들은 이 소식을 들을 때에 뜻하지 않게 서로 얼굴을 마주 보았습니다.

M은 서른두 살이었습니다. 세태가 갑자기 변하면서 혹은 경제 문제 때문에, 혹은 적당한 배우자가 발견되지 않았기 때문에, 혹은 단지 조혼(이른 결혼)이라 하는 데 대한 반항심 때문에, 늦도록 총각으로 지내는 사람이 많아 가기는 하지만, 서른두 살의 총각은 아무리 생각하여도 좀 너무 늦은 감이 없지 않았습니다. 그래서 그의 친구들은 아직껏 기회가 있을 때마다 그에게 채근 비슷이, 결혼에 대한 주의를 하고 하였습니다. 그러나 M은 언제나 그런 의논을 받을 때마다 (속으로는 매우 흥미를 가진 것이 분명한데) 겉으로는 고소(苦笑, 쓴웃음)로써 친구들의 말을 거절하곤 하였습니다. 그러던 M이 우리가 모르는 틈에

어느덧 혼약을 한 것이외다.

가난한 M은 방탕한 생활로 인해 생식능력을 잃은 상태이다

M은 가난하였습니다. 매우 불안정한 어떤 회사의 월급쟁이였습니다. 이 뿌리 약한 그의 경제 상태가 그로 하여금 늙도록 총각으로 지내게 한 듯도 합니다. 그리고 이 때문에 친구들은 M의 총각 생활을 애석히 생각하여 장가들기를 권하는 것이었습니다.

그러나 나만은 M이 장가를 가지 않는 데 다른 종류의 해석을 내리고 있었습니다. 의사라는 나의 직업이 발견한 M의 육체적인 결함…… 이것 때문에 M은 서른이 넘도록 총각으로 지낸다, 나는 이렇게 믿고 있었습니다.

M은 학생 시절부터 대단한 방탕 생활을 하였습니다. 방탕이래야 금전상의 여유가 부족한 그는, 가장 하류에 속하는 방탕을 하였습니다. 50전 혹은 1원만 생기면 즉시로 우동집이나 유곽으로 달려가던 그였습니다. 체질상 성욕이 강한 그는, 그 불붙는 성욕을 끄기 위하여 눈앞에 닥치는 기회는 한 번도 놓치지 않았습니다. 친구들을 만날지라도 음식을 한턱하라기보다 유곽을 한턱하라는 그였습니다.

"질로는 모르지만, 양으로는 세계의 누구에게든 그다지 지지 않을 테다."

관계한 여인의 수효에 대하여 이렇게 발언하기를 주저치 않으리만치, 그는 선택이라는 도정(여정, 과정)을 밟지 않고 '집어세었' 습니다(함부로 마구 먹음). 스물서너 살에 벌써 200명은 넘으리라는 것을 발표하였습니다. 서른 살 때는 벌써 괴승(괴이한 중) 신돈이를 멀리 눈 아래로 굽어보았을 것입니다. 그런지라, 온갖 성병을 경험하지 못한 것이 없었습니다. 더구나 술이 억배요, 그 위에 유달리 성욕이 강한 그는, 성병에 걸린 동안도 결코 삼가지를 않았습니다. 1년 360여 일 그에게서 성병이 떠나 본 적은 없었습니다. 늘 농(고름)이 흐르고 한 달 건너큼 고환염(고환에 생기는 염증)으로써, 걸음걸이도 거북스러운 꼴을 해 가지고 나한테 주사를 맞으러 오고 하였습니다. 그러는 동안에도 50전, 혹은 1원만 생기면 또한 성행위를 합니다. 이런지라 물론 그는 생식 능력이 없어진 사람이었습니다.

이 일을 잘 아는 나는, M이 결혼을 안 하는 이유를 여기다가 연결시켜 가지고, 그의 도덕심(?)에 동정까지 하고 있었습니다. 일생을 빈곤한 가운데서 보내고, 늙은 뒤에도 슬하(膝下, 무릎의 아래라는 뜻으로 부모의 보호를 받는 테두리 안을 이르는 말)도 없이 쓸쓸하게 지낼 그, 더구나 자기를 봉양할 슬하가 없기 때문에, 백발이 되도록 제 손으로 이 고해(괴로움이 깊고 끝이 없는 바다와 같은 인간 세상을 이르는 말)를 헤엄쳐 나갈 그는, 과연 한 가련한 존재이겠습니다.

이렇던 M이 어느덧 우리의 모르는 틈에 우물쭈물 혼약을 한 것이외다.

하기는 며칠 전에 이런 일이 있었습니다. 그날 저녁을 먹은 뒤에, 혼자서 신간 치료 보고서를 읽고 있을 때에 M이 찾아왔습니다. 그리고 비교적 어두운 얼굴로서, 내가 묻는 이야기에도 그다지 시원찮은 듯이 입술엣대답을 억지로 하고 있다가, 이런 질문을 나에게 던졌습니다.

"남자가 매독(성병의 하나)을 앓으면 생식을 못 하나?"

"괜찮겠지."

"임질(성병의 하나)은?"

"글쎄, 고환을 오카사레루(おかされる, 침범당함)하지 않으면 괜찮어."

"고환은…… 내 친구 가운데 고환염을 앓은 사람이 있는데, 인제는 생식을 못 하겠다고 비관이 여간이 아니야. 고환을 오카사레루하면 절대 불가능인가? 양쪽 다 앓았다는데……."

"그것도 경하게(가볍게) 앓았으면 영향 없겠지."

"가령 그 경하다 치면, 내가 앓은 게 그게 경한 편일까? 중한 편일까?"

나는 뜻하지 않게 그의 얼굴을 보았습니다. 중하기도 그만치 중하게 앓은 뒤에, 지금 그게 경한 게냐 중한 게냐 묻는 것이 농담으로밖에는 들리지 않았으므로……. M의 얼굴은 역시 무겁고 어두웠습니다. 무슨 중대한 선고를 기다리는 사람과 같이 눈을 푹 내려뜨고 나의 대답을 기다리고 있었습니다. 잠시 그의 얼굴을 바라본 뒤에, 나는 어이가 없어서,

"아주 경한 편이지."

이렇게 대답해 버렸습니다.

"경한 편?"

"그럼."

이리하여 작별을 하였는데, 지금에 이르러 생각하면 그 저녁의 그 문답이 오늘날의 그의 혼약을 이루게 하지 않았는가 합니다.

M의 혼약 소식에 다들 의아해한다

M이 혼약을 하였다는 기보(奇報, 기이한 소식)를 가지고 온 것은 T라는 친구였습니다. 그때는 마침 (다 M을 아는) 친구가 너덧 사람 모여 있을 때였습니다.

"골동 국보 하나 없어졌다."

누가 이런 비평을 하였습니다. 나는 T에게 물었습니다.

"그래 연애로 혼약이 된 셈인가요?"

"연애? 연애가 다 무에요. 갈보 나카이(なかい, 요릿집 등에서 손님을 접대하거나 잔심부름을 하는 여성)밖에는 여자라는 걸 모르는 녀석이, 어디서 연애의 대상을 구하겠소?"

"그럼 지참금(결혼할 때 신부가 가지고 오는 돈)이라도 있답디까?"

"지참금이란 뉘 집 애 이름이오?"

나는 여기서 이 혼약에 대하여 가장 불유쾌한 한 면을 보았습니다. 서른이 넘도록 총각으로 지낸 그로서, 연애라 하는 기묘한 정사 때문에 그 절(節, 절개)을 굽혔다면, 그것은 도리어 축하할 일이지 책할 일이 아니외다. 지참금을 바라고 혼약을 하였다 하더라도, 지금의 세상에 살아가는 우리로서 (더구나 그의 빈곤을 잘 아는 처지인지라) 크게 욕할 수가 없는 일이외다. 그러나 연애도 아니요, 금전 문제도 아닌 이 혼약에서는, 가장 불유쾌한 한 가지의 결론밖에는 얻을 수가 없습니다.

"그럼⋯⋯."

나는 가장 불유쾌한 어조로 이렇게 말하였습니다.

"유곽에 다닐 비용을 경제(절약)하기 위하여 마누라를 얻은 셈이구려."

이 혹평에 대하여는 T는 마땅찮다는 듯이 나를 보았습니다.

"그렇게 혹언(가혹한 말)할 것도 아니겠지요. M도 벌써 서른두 살이던가, 세 살이던가, 좌우간 그만하면 차차로 자식도 무릎에 앉혀 보고 싶을 게고, 그렇다고 마땅한 마누라를 선택할 길이나 방법은 없고⋯⋯."

"자식? 고환염을 그만침이나 심히 앓은 녀석에게 자식? 자식은⋯⋯."

불유쾌하기 때문에 경솔히도 직업적 비밀을 입 밖에 낸 나는 하던 말을 중도에 끊어 버렸습니다. 그러나 이미 한 말까지는 도로 삼킬 수가 없었습니다.

"네? 그게 무슨 말씀이오?"

M의 생식능력에 대하여 사면(사방)에서 질문이 들어왔습니다. 이미 한 말에 대하여 책임을 지지 않을 수 없는 나는, 그 말을 돌려 꾸미기에 한참 애를 썼습니다. 단언할 수는 없지만 혹은 M은 생식능력이 없을지도 모른다. 그러나 진찰을 안 해 본 바이니까, 혹은 또 생식능력

이 있을지도 모른다. M이 너무도 싱거운 혼약을 한 데 대하여 불유쾌하여 그런 혹언은 하였지만 그 말을 취소한다. 이러한 뜻으로 꾸며 댔습니다. 그리고 그 좌석에 있던 스무 살쯤 난 젊은이가,

"외려(오히려) 일생을 자식 없이 지내면 편찮아요?"

이러한 의견을 내는 데 대하여, '젊은이로서는 도저히 이해할 수 없는 혈속(혈통을 잇는 살붙이)의 애정'이라는 문제와, 그 문제를 너무도 무시하는 이즈음의 풍조에 대한 논평으로 말머리를 돌려 버리고 말았습니다.

M은 몰래 결혼식까지 하였습니다. 그의 친구들로서 M의 결혼식의 날짜를 미리 안 사람은 한 사람도 없었습니다. 뿐만 아니라, 지금 모두들 제각기 하는 소위 신식 혼례식을 하지 않고, 제 집에서 구식으로 하였습니다. 모 여고보 출신인 신부는 구식 결혼식이 싫다고 하였지만, M이 억지로 한 것이라 합니다.

이리하여 유곽에서는 한 부지런한 손님을 잃어버렸습니다.

M은 젊은 아내를 학대한다

"독점이라 하는 건 참 유쾌하거든."

결혼한 뒤에 M은 어떤 친구에게 이런 말을 하였다 합니다. 비록 연애로써 성립된 결혼은 아니지만, 그다지 실패의 결혼은 아닌 듯하였습니다. 50전, 혹은 1원의 돈을 내던지고 순간적 성욕의 만족을 사던 이 노총각이, 꿈에도 생각지 못한 독점을 하였으매, 그의 긍지가 작지

않았을 것이외다. 연애결혼은 아니었지만 결혼한 뒤에 연애가 생긴 듯하였습니다. 언제든 음침한 이 기분이 떠돌던 그의 얼굴이, 그럴싸해서 그런지 좀 밝아진 듯하였습니다.

"복 받거라."

우리들, 더구나 나는 그들의 결혼을 심축(心祝, 진심으로 축하함)하였습니다. 처음에는 한낱 M의 성행위의 기구로 M과 결합하게 된 커다란 희생물인 그의 젊은 아내를 위하여, 이것이 행복된 결혼이 되기를 축수(두 손바닥을 마주 대고 빎)하였습니다. 동기는 여하튼 결과에 있어서 아름다운 열매를 맺어라. 너의 젊은 아내로서, 한 개 '희생물'이 되지 않게 하여라. 어머니로서의 즐거움을 맛볼 기회가 없는 너의 아내에게, 그 대신 아내로서는 남에게 곱 되는 즐거움을 맛보게 하여라. M의 일을 생각할 때마다 진심으로 이렇게 축수하였습니다.

신혼의 며칠이 지난 뒤부터는 M이 자기의 젊은 아내를 학대한다는 소문이 조금씩 들렸습니다. 완력(육체적으로 억누르는 힘)을 사용한다는 말까지 조금씩 들렸습니다. 그러나 나는 이 문제는 그다지 크게 생각지 않았습니다. 이런 소문이 귀에 들어올 때마다, 나는 『아라비안나이트』의 마신(魔神, 재앙을 일으키는 신)의 이야기를 머릿속에서 되풀이해 보고 하였습니다.

어떤 어부가 그물질을 하고 있었습니다. 그런데 한 번 그물을 끌어 올리니까 거기에는 고기는 없고, 그 대신 병이 하나 걸려 있었습니다. 병은 마개가 닫혀 있고, 그 위에 납으로 굳게 봉함까지 되어 있었습니다. 어부는 잠시 주저한 뒤에 병의 봉함을 뜯고 마개를 뽑아 보았습니다. 즉 병에서는 한 줄기 검은 연기가 하늘로 올라갔습니다. 그리고 하늘로 올라간 그 연기는 차차 뭉쳐서 거기는 커다란 마신이 나타났습니다.

"나를 이 병 속에 감금한 것은 선지자 솔로몬이다. 이 병 속에 갇혀 있는 동안 나는 스스로 맹세하였다. 100년 안에 나를 구해 주는 사람이 있으면 그 사람에게 거대한 부(富)를 주겠다고. 그리고 100년을 기다렸지만 아무도 나를 구해 주는 사람이 없었다. 그래서 나는 다시 맹세했다. 인제 다시 100년 안으로 나를 구해 주는 사람이 있으면 나는 그 사람에게 이 세상에 있는 보배를 다 주겠다고. 그리고 헛되이 100년을 더 기다린 뒤에, 100년을 더 연기해서 그 100년 안에 나를 구해 주는 사람이 있으면, 그 사람에게 이 세상에서 가장 큰 권세와 영화를 주겠다고…… 그러나 그 100년이 다 지나도 역시 구해 주는 사람이 없었다. 그래서 나는 마지막으로 다시 맹세했다. 인제 누구든지 나를 구해 주는 놈이 있거든 당장에 그놈을 죽여서 그새 갇혀 있던 그 분풀이를 하겠다고."

이것이 병 속에서 나온 마신의 이야기였습니다. M이 자기의 젊은 아내를 학대한다는 소문이 들릴 때에, 나는 이 이야기를 생각지 않을 수가 없었습니다. 서른이 지나도록 총각으로 지낸 그 고통과 고적함에 대한 분풀이를 제 아내에게 하는 것이라 했습니다. 그리고 실컷 학대해라 실컷 학대해라, 더욱 축수하였습니다.

M은 생식능력이 없으나 아내는 임신을 한다

M이 결혼한 지 1년이 거의 된 어떤 날 저녁이었습니다. 그와 나는 어떤 곳에서 저녁을 같이하고 있었습니다.

그의 얼굴은 이날 유난히 어둡고 무거웠습니다. 그는 음식에는 거의 손을 대지 않고 술만 들이켜고 있었습니다. 본시 말이 많지 않은 그가 이날은 더욱 입이 무거웠습니다.

몹시 취하여 더 술을 먹지 못하리만치 되어서, 그는 처음으로 자발적으로 입을 열었습니다. 충혈이 된 그의 눈은 무시무시하게 번득였습니다.

"여보게, 여보게, 속이지 말구 진정으로 말해 주게. 내게 생식능력이 있겠나?"

"글쎄, 검사를 해 봐야지."

나는 이만치 하여 넘기려 하였습니다.

"그럼 한번 진찰해 주게."

"왜 갑자기……."

그는 곧 대답하려 하였습니다. 그러나 나오려던 말을 삼켰습니다. 그리고 다시 술을 한 잔 먹은 뒤에는 눈을 푹 내리뜨며 말했습니다.

"아니, 다른 게 아니라, 내게 만약 생식능력이 없다면 저 사람(자기의 아내)이 불쌍하지 않나. 그래서, 없는 게 판명되면, 아직 젊었을 때에 헤져서 저 사람이 제 운명을 다시 개척할 '때'를 줘야지 않겠나? 그래서 말일세."

"진찰해 봐야지."

"그럼 언제 해 보세."

그 며칠 뒤에 나는 M의 아내가 임신했다는 소문을 듣고 깜짝 놀랐습니다. 검사해 볼 필요도 없습니다. M은 그 능력이 없을 것입니다. 그런데 M의 아내는 임신했습니다.

그리고 며칠 전에 M이 검사하겠다던 마음을 짐작했습니다. 그것은 결코 그날의 제 말마따나 '아내의 장래를 위하여' 하려는 것이 아니고, 아내에 대한 의혹 때문에 해 보려는 것일 것이외다. 자기도 온전히 모르는 바는 아니로되, 십중팔구 자기는 생식불능자일 텐데 자기의 아내는 임신을 한 것이외다.

생각하면 재미있는 연극이외다. 생식능력이 없는 M은, 그런 기색도 보이지 않고 결혼을 하였습니다. 그리하여 M에게로 시집을 온 새 아내는 임신을 하였습니다. 제 남편이 생식불능자인 줄을 모르는 아내는, 버젓이 자기가 가진 죄의 씨를 M에게 자랑하고 있을 것이외다. 일찍이 자기가 생식불능자인지도 모르겠다는 점을 밝혀 주지 않은 M은, 지금 이 의혹의 구렁텅이에서도 제 아내를 책할 권리가 없을 것이외다. 그가 검사를 하겠다 하나, 검사를 하여서 자기가 불구자인 것이 판명된 뒤에는 어떤 수단을 취할는지 짐작도 할 수가 없습니다. 아내의 음행(淫行, 음란한 행실)을 책하자면, 자기의 사기적 행위를 폭로시키지 않을 수가 없을 것이외다. 그것을 감추자면, 제 번민만 더욱 크게 할 것이외다.

어떤 날, 그는 검사를 하자고 왔습니다. 그때 마침 환자가 몇 사람

밀려 있던 관계상, 나는 그를 내 사실(私室, 개인의 방)에 가서 좀 기다리라 하고, 환자 처리를 다 하고 내려갔습니다. 그랬더니 그는 나를 기다리지 않고 돌아가 버렸습니다.

이튿날 그는 다시 왔습니다. 그러나 그는 또 돌아가 버렸습니다.

나도 사실 어찌하여야 할지 똑똑히 마음을 작정치 못했던 것이외다. 검사한 뒤에 당연히 사멸(죽어 없어짐)해 있을 생식능력을, 살아 있다고 하자니 그것은 나의 과학적 양심이 허락지 않는 바외다. 그러나 또한 사멸하였다고 하자니 이것은 한 사람의 일생을 망쳐 버리는 무서운 선고에 다름없습니다. M이라 하는 정당한 남편을 두고도 불의의 쾌락을 취하는 M의 아내는 분명히 책 받을 여인이겠지요. 그러나 또한 다른 편으로 이 사건을 관찰할 때에, 내가 눈을 꾹 감고 그릇된 검안(검사 결과)을 내린다면 그로 인하여, 절대로 불가능하던 M이 슬하에 사랑스런 자식(?)을 두고 거기서 노후의 위안도 얻을 수 있을 것이요, 만사가 원만히 해결될 것이외다.

내가 자유로 선택할 수 있는 두 가지의 갈림길에 서서, 나는 어느 편 길을 취하여야 할지 판단을 주저하고 있었습니다.

M은 어쩔 수 없이 아들을 받아들이기로 한다

이 문제가 4, 5일 뒤에 저절로 해결이 되었습니다. 그날도 역시 침울한 얼굴로 찾아온 M에 대하여 나는 의리상,

"오늘 검사해 보자나?"

하니깐 그는 간단히 대답하였습니다.

"벌써 했네."

"응? 어디서?"

"P병원에서."

"그래서 그 결과는?"

"살았다네."

"?"

나는 뜻하지 않게 그의 얼굴을 보았습니다. 그것은 의외의 대답을 들은 때문이라기보다 오히려 '살았다데' 하는 그의 음성이 너무 침통하기 때문에……

"그럼 안심이겠네."

이렇게 대답하는 동안 나는 내가 하마터면 질 뻔한 괴로운 임무에서 벗어난 안심을 느끼는 동시에, P병원에서의 검안의 의외에 눈을 크게 뜨지 않을 수가 없었습니다.

내 눈을 만난 M의 눈은 낭패한 듯이 이리저리 돌아다녔습니다. 그리고 나는 그 눈으로 그가 방금 한 말이 거짓말이었음을 알았습니다.

그럼 그는 왜 거짓말을 하였나. 자기의 아내의 명예를 보호하기 위하여? 세상과 제 마음을 속여가면서라도 자식을 슬하에 두어 보기 위하여? 나는 그의 마음을 알 수가 없었습니다.

그가 입을 열었습니다. 무겁고 침울한 음성이었습니다.

"여보게, 자네 이런 기모치(きもち, 기분) 알겠나?"

"어떤?"

그는 잠시 쉬어서 말을 시작했습니다.

"월급쟁이가 월급을 받았네. 받은 즉시로 나와서 먹고 쓰고 사고, 실컷 마음대로 돈을 썼네. 막상 집으로 돌아가는 길일세. 지갑 속에 돈이 몇 푼 안 남아 있을 것은 분명해. 그렇지만 지갑을 못 열어 봐. 열어 보기 전에는 혹은 아직은 꽤 많이 남아 있겠거니 하는 요행심도 붙일 수 있겠지만, 급기야 열어 보면 몇 푼 안 남은 게 사실로 나타나지 않겠나? 그게 무서워서 아직 있거니, 스스로 속이네그려. 쌀도 사야지. 나무도 사야지. 열어 보면 그걸 살 돈이 없는 게 사실로 나타날 테란 말이지. 그래서 할 수 있는 대로 지갑에서 손을 멀리하고 제 집으로 돌아오네. 그 기모치 알겠나?"

나는 머리를 끄덕였습니다.

"알겠네."

그는 다시 입을 봉하였습니다. 그러나 그때에 나는 알았습니다. M 은 검사도 해 보지 않은 것이외다. 그는 무서워합니다. 그는 검사를 피합니다. 자기의 아내가 임신을 하였습니다. 그것은 상식으로 판단하여 물론 남편의 아일 것이외다. 거기에 대하여 의심을 품을 자는 하나도 없을 것이외다. 의심을 품을 필요도 없는 것이외다. 왜? 여인이 남편을 맞으면 원칙상 임신을 하는 것이 당연한 일이니깐.

이 의심할 필요가 없는 일을 의심하다가 향기롭지 못한 결과가 나타나면 이것은 자작지얼(自作之孽, 자기가 저지른 일로 인해 생긴 재앙)로서 원망을 할 곳이 없을 것이외다. 벌의 둥지를 건드리는 것은 어리석은 것이외다. 십중팔구는 향기롭지 못한 결과가 나타날 '검사'를 M은 회피한 것이외다. 절망을 스스로 사지 않으려, 그리고 번민 가운데서도 끝끝내 일루(한 가닥)의 희망을 붙여 두려 M은 온전히 '검사'라는 위험한 벌의 둥지를 건드리지 않기로 한 것이외다. 그리고 상식으로 판단할 수 있는(제 아내 뱃속에 있는) 자식에게 대하여, 억지로 애정을 가져 보려 결심한 것이외다. 검사를 하여서 정충이 살아 있다면 다행한 일이지만, 사멸하였다면 시재(時在, 현재) 제 아내와의 새에 생길 비극과 분노와 절망은 둘째 두고라도, 일생을 슬하에 혈육이 없이 보내고, 노후에 의탁할 곳을 가질 가능성조차 없는 절망의 지위에 빠지지 않을 수가 없을 것이외다.

이것은 무서운 일이외다. 상식으로 판단할 수 있는 일을 거부하고까지 이런 모험 행위를 할 필요가 없을 것이외다.

이리하여 그는 검사는 단념했지만, 마음에 있는 의혹만은 온전히 끄지를 못하는 모양이었습니다. 그 뒤에 어떤 날, 그는 이런 이야기 저런 이야기하다가 이런 말을 했습니다.

"자식은 꼭 제 아비를 닮는다면 좋겠구먼……."

거기 대하여 나는 닮는 예를 여러 가지로 들어서 말해 주었습니다.

그는 한숨을 쉬었습니다.

"여인이 애를 배면 걱정일 테야. 아버지나 친할아비를 닮는다면 문제가 없겠지만, 외편(외가 쪽)을 닮거나, 그렇지 않으면, 아무도 닮지 않으면 걱정이 아니겠나, 그저 아비를 닮아야 제일이야, 하하하."

나는 대답하였습니다.

"글쎄 말이지, 내 전문이 아니니깐 이름은 기억 못하지만, 독일 소설에 이런 게 있지 않나. 「아버지」라나 하는 희곡 말일세. 자식을 낳았는데 제 자식인지 아닌지 몰라서 번민하는 그런 이야기가 있지? 그것도 아버지만 닮으면 문제가 없겠지."

"아, 아, 다 구찮어."

M의 아내가 아들을 낳았습니다.

그 아이가 반년쯤 자랐습니다.

M은 아들과 닮은 곳을 찾기 위해 노력한다

어떤 날, M은 그 아이를 몸소 안고 병을 보이러 나한테 왔습니다. 기관지가 조금 상하였습니다.

약을 받아 가지고도 그냥 좀 앉아 있던 M은 묻지도 않은 이런 말을 하였습니다.

"이놈이 꼭 제 증조부님을 닮았다거든."

"그래?"

나는 그의 말에 적지 않은 흥미를 느끼면서 이렇게 응했습니다. 내 눈으로 보자면, 그 어린애와 M과는 아무런 관련도 없는 바인데, 그 애가 M의 할아버지를 닮았다는 것은 기이하므로…… 어린애의 친편(친가 쪽)과 외편의 근친(가까운 친척)에서 아무도 비슷한 사람을 찾아내지 못한 M의 친척은, 하릴없이 예전의 죽은 조상을 들추어낸 모양이었습니다. 그리고 그 어린애에게, 커다란 의혹과 그보다 더 커다란 희망은(의혹이 오해였던 것을 바라는) M으로 하여금 손쉽게 그 말을 믿게 한 모양이었습니다. 적어도 신뢰하려고 마음먹게 한 모양이었습니다.

내가 자기의 말에 흥미를 가지는 것을 본 M은, 잠시 주저하다가 그가 예비했던 둘째 말을 마침내 꺼냈습니다.

"게다가 날 닮은 데도 있어."

"어디?"

"이보게."

M은 어린애를 왼편 팔로 가만히 옮겨서 붙안으면서, 오른손으로는 제 양말을 벗었습니다.

"내 발가락 보게. 내 발가락은 남의 발가락과 달라서 가운뎃발가락이 그중 길어. 쉽지 않은 발가락이야. 한데……."

M은 강보(포대기)를 들치고 어린애의 발을 가만히 꺼내 놓았습니다.

"이놈의 발가락 보게. 꼭 내 발가락 아닌가? 닮았거든……."

M은 열심히, 찬성을 구하는 듯이 내 얼굴을 바라보았습니다. 얼마나 닮은 곳을 찾았기에 발가락 닮은 것을 찾아냈겠습니까?

나는 M의 마음과 노력에 눈물겨워졌습니다. 커다란 의혹 가운데서, 그 의혹을 어떻게 해서든 삭여 보려는 M의 노력은 인생의 가장 요절할 비극이었습니다. M이 보라고 내놓은 어린애의 발가락은 안 보고 오히려 얼굴만 한참 들여다보고 있다가, 나는 마침내 이렇게 말하였습니다.

"발가락뿐 아니라, 얼굴도 닮은 데가 있네."

그리고 나의 얼굴로 날아오는 (의혹과 희망이 섞인) 그의 눈을 피하면서 돌아앉았습니다.

이야기 따라잡기

　가난하지만 성욕이 왕성한 M은 방탕한 생활로 인해 성병에 자주 걸려 생식능력을 잃는다. 그런 사실을 알고 있는 '나' 는 M의 혼약 소식에 의아해한다.

　그 소식을 듣기 전 어느 날 '나' 에게 M이 찾아와 자신이 아이를 낳을 수 있는지 물은 적이 있다. 그의 상태는 매우 심해 불가능하지만 '나' 는 친구에게 차마 그렇게 말하지 못하고 경한 상태여서 아이를 낳을 수 있을지도 모른다고 말해 주었다.

　M은 젊은 아내와 결혼을 한 뒤 아내를 학대한다는 소문이 들린다. '나' 는 그가 그동안 혼자 살면서 느꼈던 고독과 괴로움을 아내에게 풀려는 것이라고 이해한다.

　M이 결혼한 지 1년이 지났을 무렵 M의 아내가 임신했다는 것을 알게 된다. 그리고 M이 찾아와 '나' 에게 자신의 병이 다 나았는지 알아보고자 한다. 그러나 M은 끝내 검사를 받지 않는다.

　M의 아내는 아들을 낳는다. 반년 정도 지난 뒤 M은 아이를 데리고

'나'를 찾아온다. 그리고 아이가 증조부와 닮았다고, 그리고 자신과도 발가락이 닮았다며 '나'에게 보여 준다. '나'는 그에게 발가락뿐만 아니라 얼굴에도 닮은 곳이 있다고 말하면서 돌아앉는다.

쉽게 읽고 이해하기

자연주의적 경향의 휴머니즘

「발가락이 닮았다」는 염상섭의 「표본실의 청개구리」와 마찬가지로 자연주의적 경향이 두드러지게 드러나는 작품이다. 자연주의란 사실주의가 더 심화된 것으로 과학적 인식을 바탕으로 한 사실주의를 말한다.

의사인 서술자 '나'는 과학적 의식을 바탕으로 M의 의학적 병명을 서술한다. 따라서 의사로서의 '나'는 병명이나 검사 결과에 대해 M에게 솔직하게 말해야 하는 의무가 있다. 그러나 '나'는 M에게 솔직하게 이야기하지 못한다. 이 소설이 자연주의적 경향을 지녔음에도 불구하고 여기에 휴머니즘의 면모가 보인다. '나'는 의사로서 M이 아이를 가질 수 없다는 사실, 그리고 아이가 M과 닮을 수 없다는 사실에 대해 정확하게 말해 주어야 하지만 '나'는 의사로서보다는 친구로서 M에게 아이를 가질 수도 있다는 것과 그리고 그와 발가락뿐 아니라 얼굴도 닮았다고 이야기한다.

M은 젊었을 때의 방탕으로 인해 생식능력을 잃었다. 그것은 특정 사건 때문에 일어난 우연적 관계가 아닌 인과적 관계라는 것을 밝힘으로써 고전소설과는 다른 현대 소설의 특징을 보여준다. 또한 원인이 되는 행동이 의학적 지식을 통해 설명 가능한 것으로, 의사인 화자를 통해 더욱 과학적 증명을 가능케 한다. 뿐만 아니라 자신의 아이라는 점을 증명하기 위해 유전학적인 지식을 동원한다. 닮은 점을 찾는다는 것은 유전적으로(겉으로 보이는 모습도) 자신의 아이라는 것을 밝히고자 하는 자연주의적인 태도로 볼 수 있다.

그러나 M이 결혼을 한다는 사실, 그리고 결혼 후 생긴 아이를 자신의 아이로 인정한다는 사실은 과학적으로 설명되지 않는 부분으로 M의 휴머니즘적인 면모를 보이는 부분이다. 즉 M은 아이를 가질 수 없음에도 불구하고 아내를 사랑하는 마음으로, 그리고 추후에 부양해 줄 자식이 없이 늙는 것보다 다른 사람의 아이를 자신의 아이로 받아들이는 것을 택한다. 이러한 휴머니즘은 의사인 '나'에게도 보인다. 나는 M이 아이를 가질 수 없는 심각한 상태임에도 불구하고 M에게 경미한 상태라고 거짓말을 한다. 이것은 의사로서의 양심을 저버리는 언급이지만 그는 친구를 위해 휴머니즘을 택하게 된다. 또한 M이 아이를 데리고 와 발가락이 닮았다고 하자 다른 부분도 닮았다고 말한다. 의학적 설명은 불가하지만, 인간적인 면이 강한 휴머니티로서는 설명이 가능하다.

자신의 행동에 대한 책임감과 부정(父情)

M은 젊었을 때 자신이 한 어리석은 행동에 대해 책임을 느낀다. 자신이 방탕한 생활을 했기 때문에(그것이 비록 어쩔 수 없는 타고난 성향이고 가난으로 인한 것이었다고 할지라도) 아이를 가질 수 없다는 사실을 받아들인다. 그러나 아내가 아이를 가졌을 때 M은 자신의 아이가 아닐 거라는 의심을 하고 '나'에게 검사를 의뢰한다. 하지만 결국 M은 검사를 받지 않는다. M은 자신이 아이를 가질 수 없다는 사실을 숨기고 아내와 결혼하였기에 아내를 위해 아이를 책임지기로 한다.

M이 아이를 데리고 다니며 자신과 닮은 점을 찾는 행위를 통해 애틋한 부정을 느낄 수 있다. 친아버지가 아닐지라도 자신이 아이를 가질 수 없다는 사실 때문에 사랑하는 사람이 가진 아이까지도 받아들이게 되는 것이다. 그리고 이미 자신의 아이로 받아들이기로 한 이상 증조부와 닮았다는 둥, 가운뎃발가락이 길다는 둥 그 아이와 닮은 점을 찾는다.

나는 언제나 생각한다. 핀 꽃보다 꽃봉오리를,
소유하는 것보다 희망을, 완성하는 것보다 진보를,
분별 있는 연령보다 청소년 시절을.
　　　　　— 앙드레 지드(프랑스의 소설가, 1869~1951)

「붉은 산」(『삼천리』, 1933)은

나라를 잃고 생계를 위해 만주로 가야 했던

우리 민족의 서러움을 망나니 같은 삶을 살았던

삶의 죽음을 통해 그리고 있다.

붉은 산 — 어떤 의사의 수기

"보고 싶어요. 붉은 산이…… 그리고 흰 옷이!"

등장인물

삵(정익호) 동네 깡패. 아무 집에나 들어가 횡포를 부리는 마을의 골칫거리다. 하지만 억울하게 죽은 송 첨지를 보고 민족애를 느껴 원수를 갚으려다 죽임을 당한다.

여(나) 의사. 만주를 여행하던 중에 삵을 알게 된다.

붉은 산
— 어떤 의사의 수기

만주의 ××촌은 조선 사람 소작인만 사는 작은 촌이다

그것은 여(余, '나'를 일컫는 말)가 만주를 여행할 때 일이었다. 만주의 풍속도 좀 살필 겸 아직껏 문명의 세례를 받지 못한 그들 사이에 퍼져 있는 병(病)을 조사할 겸 해서 1년의 기한을 예산하여 가지고 만주를 시시콜콜히 다 돌아 온 적이 있었다. 그때에 ××촌이라 하는 조그만 촌에서 본 일을 여기에 적고자 한다.

××촌은 조선 사람 소작인만 사는 한 20여 호 되는 작은 촌이었다. 사면을 둘러보아도 한 개의 산도 볼 수가 없는 광막한 만주의 벌판 가운데 놓여 있는, 이름도 없는 작은 촌이었다.

몽고 사람 종자(從者, 데리고 다니는 하인)를 하나 데리고 노새를 타고 만주의 농촌을 돌아다니던 여가 그 ××촌에 이른 때는 가을도 다 가고 어느덧 광포한 북국의 겨울이 만주를 찾아온 때였다.

만주의 어느 곳이나 조선 사람이 없는 곳은 없지만, 이러한 오지(奧地)에서 한 동리가 죄 조선 사람뿐으로 되어 있는 곳을 만나니 반가웠다. 더구나 그 동리는 비록 모두가 만주국인의 소작인이라 하나, 사람들이 비교적 온량하고 정직하여, 장성한 이들은 그래도 모두 천자문 한 권쯤은 읽은 사람이었다. 살풍경한(풍경이 보잘것없이 메마르고 스산한) 만주 ─ 그 가운데서 살풍경한 살림을 하는 만주국인이며 조선 사람의 동네를 근 1년이나 돌아다니다가 비교적 평화스런 이런 동네를 만나면, 그것이 비록 외국인의 동네라 하여도 반갑겠거늘, 하물며 우리 같은 동족임에랴.

여는 그 동네에서 한 10여 일 이상을 일없이 매일 호별 방문을 하며 그들과 이야기로 날을 보내며, 오래간만에 맛보는 평화적 기분을 향락하고 있었다.

'삵'이라는 별명을 가지고 있는 '정익호'라는 인물을 본 것이 여기서였다.

삵(익호)은 동네 깡패로 사람들의 골칫거리다

익호라는 인물의 고향이 어디인지는 ××촌에서 아무도 몰랐다. 사투리로 보아서 경기 사투리인 듯하지만 빠른 말로 죄죄거리는 때에는 영남 사투리가 보일 때도 있고, 싸움이라도 할 때는 서북 사투리가 보일 때도 있었다. 그런지라 사투리로써 그의 고향을 짐작할 수가 없었다. 쉬운 일본말도 알고, 한문 글자도 좀 알고, 중국말은 물론 꽤 하고, 쉬운 러시아말도 할 줄 아는 점 등등, 이곳저곳 슡하게 주워먹은 것은 짐작이 가지만 그의 경력을 똑똑히 아는 사람은 없었다.

그는 여가 ××촌에 가기 1년 전쯤 빈손으로 이웃이라도 오듯 후닥닥 ××촌에 나타났다 한다. 생김생김으로 보아서 얼굴이 쥐와 같고 날카로운 이빨이 있으며 눈에는 교활함과 독한 기운이 늘 나타나 있으며, 발룩한 코에는 코털이 밖으로까지 보이도록 길게 났고, 몸집은 작으나 민첩하게 되었고 나이는 스물다섯에서 사십까지 임의로 볼 수 있으며, 그 몸이나 얼굴 생김이 어디로 보든 남에게 미움을 사고 근접치 못할 놈이라는 느낌을 갖게 한다.

그의 장기(長技)는 투전이 일쑤며, 싸움 잘하고, 트집 잘 잡고 칼부림 잘하고, 색시에게 덤벼들기 잘하는 것이라 한다.

생김생김이 벌써 남에게 미움을 사게 되었고, 거기다 하는 행동조차 변변치 못한 일뿐이라, ××촌에서도 아무도 그를 대접하는 사람이 없었다. 사람들은 모두 그를 피하였다. 집이 없는 그였으나 뉘 집에 잠이라도 자러 가면 그 집 주인은 두말없이 다른 방으로 피하고 이부자리를 준비하여 주고 하였다. 그러면 그는 이튿날 해가 낮이 되도록 실컷 잔 뒤에 마치 제 집에서 일어나듯 느직이 일어나서 조반을 청하여 먹고는 한마디의 사례도 없이 나가 버린다.

그리고 만약 누구든 그의 이 청구에 응치 않으면 그는 그것을 트집으로 싸움을 시작하고, 싸움을 하면 반드시 칼부림을 하였다.

동네의 처녀들이며 젊은 여인들은 익호가 이 동네에 들어온 뒤부터는 마음 놓고 나다니지를 못하였다. 철없이 나갔다가 봉변을 당한 사람도 몇이 있었다.

'삵'.

이 별명은 누가 지었는지 모르지만 어느덧 ××촌에서는 익호를 익호라 부르지 않고 '삵'이라고 부르게 되었다.

"삵이 뉘 집에서 묵었나?"

"김 서방네 집에서."

"다른 봉변은 없었다나?"

"요행히 없었다네."

그들은 아침에 깨면 서로 인사 대신으로 '삵'의 거취를 알아보고 하였다. '삵'은 이 동네에는 커다란 암종(癌腫, 암 등 악성 종양)이었다. '삵' 때문에 아무리 농사에 사람이 부족한 때라도 젊고 튼튼한 몇 사람은 동네의 젊은 부녀를 지키기 위하여 동네 안에 머물러 있지 않을 수가 없었다. '삵' 때문에 부녀와 아이들은 아무리 더운 여름 저녁에라도 길에 나서서 마음 놓고 바람을 쏘여 보지를 못하였다. '삵' 때문에 동네에서는 닭의 가리('어리'의 방언. 싸리나 나무로 둥글게 엮어 병아리 따위를 가두어 기르는 물건)며 돼지우리를 지키기 위하여 밤을 새지 않을 수가 없었다.

동네 노인이며 젊은이들은 몇 번을 모여서 '삵'을 이 동리에서 내어쫓기를 의논하였다. 물론 합의는 되었다. 그러나 내어쫓는 데 선착할 사람이 없었다.

"첨지가 선착하면 뒤는 내 담당하마."

"뒤는 걱정 말고 형님 먼저 말해 보시오."

제각기 '삵'에게 먼저 달려들기를 피하였다.

이리하여 동리에서는 합의는 되었으나 '삵'은 그냥 태연히 이 동네에 묵어 있게 되었다.

"며늘년들이 조반이나 지었나?"

"손주놈들이 잠자리나 준비했나?"

마치 그 동네의 모두가 자기의 집안인 것같이 '삵'은 마음대로 이집 저 집을 드나들었다.

××촌에서는 사람이라도 죽으면 반드시 조상 대신으로,

"삵이나 죽지 않고."

하는 한마디의 말을 잊지 않고 하였다. 누가 병이라도 나면,

"에익! 이놈의 병 '삵'한테로 가거라."

고 하였다.

암종, 누구나 '삵'을 동정하거나 사랑하는 사람이 없었다.

'삵'도 남의 동정이나 사랑은 벌써 단념한 사람이었다. 누가 자기에게 아무런 대접을 하든 탓하지 않았다. 보이는 데서 보이는 푸대접을 하면 그 트집으로 반드시 칼부림까지 하는 그였지만, 뒤에서 아무런 말을 할지라도, 그리고 그것이 '삵'의 귀에까지 갈지라도 탓하지 않았다.

"흥!"

이 한마디는 그의 가장 큰 처세 철학이었다.

흔히 곁 동네 만주국인들의 투전판에 가서 투전을 하였다. 때때로 두들겨 맞고 피투성이가 되어서 돌아오는 일도 있었다. 그러나 그는 그 하소연을 하는 일이 없었다. 한다 할지라도 들을 사람도 없거니와, 아무리 무섭게 두들겨 맞은 뒤라도 하루만 샘물에 상처를 씻고 절룩절룩한 뒤에는 또 이튿날은 천연히 나다녔다.

만주인 지주의 횡포로 송 첨지는 죽는다

여가 ××촌을 떠나기 전날이었다.

송 첨지라는 노인이 그해 소출을 나귀에 실어 가지고 만주국인 지주가 있는 촌으로 갔다. 그러나 돌아올 때는 송장이 되었다. 소출이 좋지 못하다고 두들겨 맞아서 부러져 꺾어진 송 첨지는 나귀 등에 몸이 결박되어서 겨우 ××촌에 돌아왔다. 그리고 놀란 친척들이 나귀에서 몸을 내릴 때에 절명하였다.

××촌에서는 왁자하였다.

"원수를 갚자!"

명 아닌 목숨을 끊은 송 첨지를 위하여 동네의 젊은이는 모두 흥분하였다. 제각기 이제라도 들고 일어설 듯하였다.

그러나 그뿐이었다. 누구든 앞장을 서려는 사람이 없었다. 만약 이때에 누구든 앞장을 서는 사람만 있었다면 그들은 곧 그 지주에게로 달려갔을지 모른다. 그러나 제가 앞장을 서겠노라고 나서는 사람은 없었다. 제각기 곁사람을 돌아보았다.

연해 발을 굴렀다. 부르짖었다. 학대받는 인종의 고통을 호소하며 울었다. 그러나 그저 그뿐이었다. 남의 일로 지주에게 반항하여 제 밥자리까지 떼이기를 꺼림인지, 용감히 앞서 나가는 사람은 없었다.

여는 의사라는 여의 직업상 송 첨지의 시체를 검분(참관하여 검사함)하였다. 돌아오는 길에 여는 '삵'을 만났다. 키가 작은 '삵'을 여는 내려다보았다. '삵'은 여를 쳐다보았다.

'가련한 인생아. 인종의 거머리야, 가치 없는 인생아. 밥버러지야. 기생충아!'

여는 '삵'에게 말하였다.

"송 첨지가 죽은 줄 아나?"

여의 말에 아직껏 여를 쳐다보고 있던 '삵'의 얼굴이 아래로 떨어졌다. 그리고 여가 발을 떼려는 순간에 얼핏 '삵'의 얼굴에 나타난 비장한 표정을 여는 넘길 수가 없었다.

고향을 떠난 만 리 밖에서 학대받는 인종의 가엾음을 생각하고 그 밤은 여도 잠을 못 이루었다.

그 억분함을 호소할 곳도 못 가진 우리의 처지를 생각하고, 여도 눈물을 금치를 못하였다.

밥버러지 삵은 송 첨지의 원수를 갚으려다 죽는다

이튿날 아침이었다.

여를 깨우러 오는 사람의 소리에 여는 반사적으로 일어났다.

'삵'이 동구(洞口, 마을 입구) 밖에서 피투성이가 되어 죽어 있다는 것이었다. 여는 '삵'이라는 말에 눈살을 찌푸렸다. 그러나 의사라는 직업상 곧 가방을 수습하여 가지고 '삵'이 넘어진 데까지 달려갔다. 송 첨지의 장례식 때문에 모였던 사람 몇은 여의 뒤를 따라왔다.

여는 보았다. '삵'의 허리가 기역자로 뒤로 부러져서 밭고랑 위에 넘어져 있는 것을. 여는 달려가 보았다. 아직 약간의 온기는 있었다.

"익호! 익호!"

그러나 그는 정신을 못 차렸다. 여는 응급수단을 취하였다. 그의 사지는 무섭게 경련되었다. 이윽고 그가 눈을 번쩍 떴다.

"익호! 정신 드나?"

그는 여의 얼굴을 보았다. 끝이 없이 한참을 쳐다보았다. 그의 눈동자가 움직이었다.

겨우 처지를 깨달은 모양이었다.

"선생님, 저는 갔었습니다."

"어디를?"

"그놈, 지주 놈의 집에."

"무얼?"

여는 눈물 나오려는 눈을 힘 있게 닫았다. 그리고 덥석 그의 벌써 식어 가는 손을 잡았다. 잠시의 침묵이 계속되었다. 그의 사지에서는 무서운 경련이 끊임없이 일었다. 그것은 죽음의 경련이었다. 듣기 힘든 작은 그의 소리가 또 그의 입에서 나왔다.

"선생님."

"왜?"

"보고 싶어요. 전 보구 시⋯⋯."

"뭐이?"

그는 입을 움직였다. 그러나 말이 안 나왔다. 기운이 부족한 모양이었다. 잠시 뒤에 그는 또다시 입을 움직였다. 무슨 소리가 그의 입에서 나왔다.

"무얼?"

"보고 싶어요. 붉은 산이⋯⋯ 그리고 흰 옷이!"

아아, 죽음에 임하여 그의 고국과 동포가 생각난 것이었다. 여는 힘있게 감았던 눈을 고즈넉이 떴다. 그때에 '삵'의 눈도 번쩍 뜨이었다. 그는 손을 들려고 하였다. 그러나 이미 부러진 그의 손은 들리지 않았다. 그는 머리를 돌이키려 하였다. 그러나 그럴 힘이 없었다.

그는 마지막 힘을 혀끝에 모아 가지고 입을 열었다.

"선생님!"

"왜?"

"저것⋯⋯ 저것⋯⋯."

"무얼?"

"저기 붉은 산이⋯⋯ 그리고 흰 옷이⋯⋯. 선생님 저게 뭐예요?"

여는 돌아보았다. 그러나 거기는 황막한 만주의 벌판이 전개되어 있을 뿐이었다.

"선생님, 노래를 불러 주세요. 마지막 소원⋯⋯ 노래를 해 주세요.

동해물과 백두산이 마르고 닳도록……."

여는 머리를 끄덕이고 눈을 감았다. 그리고 입을 열었다. 여의 입에
서는 창가가 흘러나왔다.

여는 고즈넉이 불렀다.

"동해물과 백두산이……."

고즈넉이 부르는 여의 창가 소리에 뒤에 둘러섰던 다른 사람의 입
에서도 숭엄한 코러스는 울리어 나왔다.

"무궁화 삼천리 화려 강산……."

광막한 겨울의 만주벌 한편 구석에서는 밥버러지 익호의 죽음을 조
상하는 숭엄한 노래가 차차 크게 엄숙하게 울리었다. 그 가운데 익호
의 몸은 점점 식었다.

이야기 따라잡기

  의사인 '여(나)'는 만주를 여행하다가 조선 사람 소작인만 사는 ××
촌이라는 작은 마을에 머물게 된다. 비교적 평화스러운 마을이라 매일
사람들을 방문하며 그들과 이야기로 시간을 보내다가 '삵'이라는 별
명을 가진 정익호라는 사람을 알게 된다.

  삵은 생김새부터 남에게 미움을 사게 생겼고, 아무 사람의 집에나
가서 잠을 자고 밥을 얻어먹으면서 감사하다는 말도 없이 나가 버린
다. 그의 요구에 응하지 않으면 누구든 상관없이 싸움을 걸어 칼부림
을 해서 동리 사람들은 그를 피한다.

  그러던 어느 날 송 첨지라는 노인이 중국인 지주에게 소출을 바치
러 갔다가 소출이 적다는 이유로 맞아 죽게 된다. 이를 알게 된 동리
사람들은 분노를 느끼지만 다들 눈치만 볼 뿐 용감히 나서는 사람이
없다. '여'는 송 첨지의 시체를 조사한 뒤 오는 길에 삵을 만나 송 첨
지가 죽었다는 사실을 전한다.

  송 첨지의 복수를 위하여 중국인 지주에게 갔던 삵은 다음 날 허리

가 기역자로 부러져 밭고랑 위에 넘어져 있다. 죽음을 앞둔 삵은 경련을 하며 '여'에게 붉은 산과 흰 옷이 보고 싶다고 말한다. 그리고 창가(애국가)를 불러 달라고 한다. '여'와 같이 있던 사람들이 창가를 엄숙하게 부르고 익호는 죽음을 맞이한다.

쉽게 읽고 이해하기

죽음을 통한 민족의 동질성 회복

일제강점기, 일본의 식민지 정책은 나라 안팎의 착취로 인해 조국에서 살 수 없는 여건을 만들었다. 그래서 사람들은 자의에 의해, 혹은 타의에 의해 이주할 수밖에 없었다. 간도나 만주, 일본, 심지어는 라틴아메리카의 선인장 농장이나 커피 농장에서 막노동을 하며 살아야만 했다. 말도 통하지 않는 낯선 타국에서 빈민으로 살아가야만 했던 우리 민족은 당시의 암울한 현실 속에서도 나름대로의 삶의 방식으로 견디어 냈다.

이 소설의 부제는 '어느 의사의 수기' 이다. 의사 '여(나)' 는 만주를 여행하던 중 조선 사람 소작인만 사는 작은 동네를 알게 된다. 그곳은 중국 지주들의 땅에 농사를 지어 먹고 사는 가난하지만 평화스러운 곳으로 타국이라는 느낌이 들지 않는 곳이다. '삵' 이라는 별명을 가진 정익호가 부정적인 인물로 나타나지만, 그 역시 조선 사람이다.

그는 불특정 다수에게 횡포를 부린다. 그러나 아무도 그에게 잘못을 가르치려 하지 않는다. 사람들은 단지 그가 자신의 집에만 오지 않기를, 또는 그가 자신에게만 횡포를 부리지 않길 바랄 뿐이다. 그러던 어느 날 송 첨지가 중국인 지주에게 소출 양이 적다는 이유로 맞아 죽게 된다. 사람들은 분노하며 타국이라는 것, 그리고 자신들은 나라를 빼앗긴 이민족이자 땅도 없는 빈곤층이라는 사실을 깨닫게 된다. 하지만 맞설 용기가 없다. '여'는 이런 사실에 고향을 떠나 타국에서 학대받는 인종의 가엾음을 생각하며 잠을 이루지 못한다. 만주에서 그들은 억울하고 분하지만 호소할 곳도 없는 이민족인 것이다.

그러나 의외의 반전이 일어난다. 동네에서 문제아였던 '삵'이 민족의 울분을 풀기 위해 중국인 지주에게 찾아간 것이다. 동네에서 문제아로 낙인 찍혔을 때는 '정익호'라는 이름 대신에 '삵'이란 별명으로 불렸다. 하지만 죽음으로써 민족애를 불태우게 되자 '정익호'라는 이름으로 서술이 바뀐다. 즉 처음에 사람들은 '정익호'를 같은 조선 사람으로 생각지 않고 '밥버러지'이자 깡패로만 인식했다는 말이다. 허나 조선 사람으로서의 억울한 현실에 분노하며 대항하자 사람들과 민족적 동질성을 회복하게 된다.

송 첨지의 죽음을 통해 자신들이 이민족이라는 사실을 깨닫고 정익호의 죽음을 통해 문제아로만 느꼈던 정익호를 같은 민족으로 받아들이고 자신들이 처한 상황을 깨닫게 된다. 아무리 악한 사람이라 할지라도 같은 민족이 타민족에게 고통을 받을 때, 동질성을 회복하고 민족애를 발휘한다. 이 소설은 민족을 핍박하는 자에게 대항하는 모습을 통해 조국에 대한 애정을 드러내며, 이를 통해 조국의 미래에 대한 가능성을 보여주고 있다.

'붉은 산 vs 흰 옷'

죽음을 앞둔 정익호는 '붉은 산'과 '흰 옷'이 보고 싶다고 말한다. 서술자는 그것이 고국과 동포를 상징하는 것이라고 말하고 있다. 즉 '붉은 산'은 '고국', '흰 옷'은 '동포'를 가리킨다.

'붉은 산'은 배경적인 것으로 지역을 가리킨다. '산'은 곧 땅을 의미하며 '붉다'는 것은 '피'를 상징적으로 드러냄으로써 같은 혈족, 민족을 의미한다. 즉 같은 피를 나눈 땅, 고국을 상징하는 것이다. 이러한 특성은 '만주 벌판'과 대조적이다. 만주는 산 하나 없는 광활한 벌판이다. 반면 우리나라는 산으로 둘러싸여 있다. 이러한 공간적 배경은 그곳이 타국이라는 사실을 더욱 극대화한다. 그래서 만주 벌판에서 죽어 가는 정익호는 붉은 산을 보고 싶어하는 것이다.

'흰 옷'은 우리 민족을 백의민족(白衣民族)이라고 부른 것과 관련된다. 정완영의 시 「조국」에 보면 "푸른 물 흐르는 정에/눈물 비친 흰 옷자락"이란 구절이 있다.

여기서도 '흰 옷자락'은 한 많은 백의민족인 우리 민족을 의미한다. 조선 사람들에게 해가 되었던 '삵'이 민족을 위해 희생함으로써 붉은 산과 흰 옷을 입은 사람들을 만나게 되고 진정한 민족애를 보여주게 된 것이다.

평생 길을 양보해야 백 보에 지나지 않을 것이며,
평생 밭두렁을 양보해도 한 마지기를 넘지 않을 것이다.
　　　　　　　　　　　　　　　　　　　— 「소학」

「광화사」(『야담』, 1935)는

뛰어난 화공이 완벽한 미인도를 그리려다가

한순간의 실수로 모든 것을 잃어버리는

비극적 결말을 그리고 있다.

광화사

그 그림의 얼굴에는 어느덧 동자가 찍혔다.

등장인물

솔거 천재 화공. 뛰어난 그림 실력을 가지고 있지만 얼굴이 못생겨서 아내를 얻지 못한다. 생기 있는 미인도를 그리고 싶어 여기저기 떠돌아다니다가 우연히 아름다운 소경 처녀를 만나게 된다.

소경 처녀 앞을 못 보는 처녀. 시냇가에서 우연히 화공 솔거를 만나 그의 집으로 가게 된다.

여(나) 서술자. 인왕산의 아름다움을 보고 솔거의 이야기를 지어낸다.

광화사

'여'는 인왕산의 아름다운 경치 감상에 젖는다

인왕(仁王).

바위 위에 잔솔(어린 소나무)이 서고 아래는 이끼가 빛을 자랑한다.

굽어보니 바위 아래는 몇 포기 난초가 노란 꽃을 벌리고 있다. 바위에 부딪치는 잔바람에 너울거리는 난초잎.

여(余, 나)는 허리를 굽히고 스틱으로 아래를 휘저어 보았다. 그러나아직 난초에서는 4, 5척의 거리가 있다. 눈을 옮기면 계곡.

전면이 소나무의 잎으로 덮인 계곡이다. 틈틈이는 철색(鐵色)의 바위도 보이기는 하나 나무 밑의 땅은 볼 길이 없다. 만약 그 자리에 한번 넘어지면 소나무의 잎 위로 굴러서 저편 어디인지 모를 골짜기까지 떨어질 듯하다.

여의 등 뒤에도 20, 30장(丈)이 넘는 바위다. 그 바위에 올라서면 무학(舞鶴)재로 통한 커다란 골짜기가 나타날 것이다. 여의 발 아래도 장여(丈餘, 장이 좀 넘는, 열 자가 넘는)의 바위다.

아래는 몇 포기 난초, 또 그 아래는 두세 그루의 잔솔, 잔솔 넘어서는 또 바위, 바위 위에는 도라지꽃. 그 바위 아래로부터는 가파른 계곡이다.

그 계곡이 끝나는 곳에는 소나무 위로 비로소 경성 시가의 한편 모퉁이가 보인다. 길에는 자동차의 왕래도 가막하게(가마득하게) 보이기는 한다. 여전한 분요(紛擾, 분주하고 요란스러움)와 소란의 세계는 그곳에 역시 전개되어 있기는 할 것이다.

그러나 여기 지금 서 있는 곳은 심산(深山, 깊은 산)이다. 심산이 가져야 할 온갖 조건을 구비하였다.

바람이 있고 암굴(暗窟, 어두운 굴)이 있고 산초 산화가 있고 계곡이 있고 생물이 있고 절벽이 있고 난송(亂松)이 있고……. 말하자면 심산이 가져야 할 유수미(幽邃味, 깊고 그윽한 아름다움)를 다 구비하였다.

본시는 이 도회는 심산 중의 한 계곡이었다. 그것을 5백 년간을 닦고 갈고 지어서 오늘날의 경성부를 이룬 것이다.

이러한 협곡에 국도(國都)를 창건한 이태조의 본의가 어디에 있었는지를 알 길이 없다. 그러나 오늘날의 한 산보객의 자리에서 보자면 서울은 세계에 유례가 없는 미도(美都, 아름다운 도읍)일 것이다.

도회에 거주하며 식후의 산보로서 풀대님(한복의 바지나 고의를 입고서 대님을 매지 않고 고대로 둠) 채로 이러한 유수(幽邃)한 심산에 들어갈 수 있다는 점으로 보아서 서울에 비길 도회가 세계에 어디 다시 있으랴.

회흑색(灰黑色)의 지붕 아래 고요히 누워 있는 5백 년의 도시를 눈 아래 굽어보는 여의 사위(四圍, 사방의 둘레)에는 온갖 고산식물이 난성(亂盛, 어지럽게 채움)하고 계곡에 흐르는 물소리와 눈 아래 날아드는 기조(奇鳥, 기이한 새)들은 완연히 여로 하여금 등산객의 정취를 느끼게 한다.

여는 스틱을 바위틈에 꽂아 놓았다. 그리고 굴러떨어지기를 면하기 위하여 바위와 잔솔의 새에 자리 잡고 비스듬히 앉았다. 담배를 피우고 싶었으나 잠시의 산보로 여기고 담배도 안 가지고 나온 발이 더듬더듬 여기까지 미쳤으므로 담배도 없다.

시야의 한편에는 2, 3장의 바위, 다른 한편에는 푸르른 하늘, 그 끝으로는 솔잎이 서너 개 어렴풋이 보인다. 그윽이 코로 몰려들어오는 송진 냄새. 소나무에 불리는 바람소리.

유수하기 짝이 없다. 여가 지금 앉아 있는 자리는 개벽 이래로 과연 몇 사람이나 밟아 보았을까. 이 바위 생긴 이래로 혹은 여가 맨 처음 발 대어 본 것이 아닐까. 아까 바위를 기어서 이곳까지 올라오느라 애쓰던 그런 맹랑한 노력을 해 본 바보가 여 이외에 몇 사람이나 있었을까. 그런 모험을 맛보기 위하여 심산을 찾는 용사는 많을 것이로되 결사적 인왕 등산을 한 사람은 그리 많으리라고 생각되지 않는다.

'여'는 암굴과 샘물을 보고 한 이야기를 짓는다

등 뒤 바위에는 암굴이 있다.

뱀이라도 있을까 무서워서 들어가 보지는 않았지만 스틱으로 휘저어 본 결과로 두세 사람은 넉넉히 들어가 앉아 있음직하다.

이 암굴은 무엇에 이용할 수가 없을까.

음모(陰謀)의 도시 한양은 그새 5백 년간 별별 음흉한 사건이 연출되었다. 시가 끝에서 반 시간 미만에 넉넉히 올 수 있는 이런 가까운 거리에 뚫린 암굴은, 있는 줄 알기만 하였으면 혹은 음모에 이용되지 않았을까.

공상!

유수한 맛에 젖어 있던 여는 이 암굴 때문에 차차 불쾌한 공상에 빠지기 시작하려 한다.

온갖 음모, 그 뒤를 잇는 살육, 모함, 방축(放逐, 쫓아냄), 이조 5백 년간의 추악한 모양이 여로 하여금 불쾌한 공상에 빠지게 하려 한다.

여는 황망히 이런 불쾌한 공상에서 벗어나려고 주머니에 담배를 뒤적였다. 그러나 담배는 여전히 있을 까닭이 없었다.

다시 눈을 들어서 안하(眼下, 눈 아래)를 굽어보면 일면에 깔린 송초(松梢, 소나무 가지)!

반짝!

보매 한 줄기의 샘이다. 소나무 틈으로 보이는 그 샘은 아마 바위틈을 흐르는 샘물인 듯. 똘똘똘똘 들리는 것은 아마 바람소리겠지. 저렇듯 멀리 아래 있는 샘의 소리가 이곳까지 들릴 리가 없다.

샘물!

저 샘물을 두고 한 개 이야기를 꾸며 볼 수가 없을까. 흐르는 모양도 아름답거니와 흐르는 소리도 아름답고 그 맛도 아름다운 샘물을 두고 한 개 재미있는 이야기가 여의 머리에 생겨나지 않을까. 암굴을 두고 생겨나려던 음모, 살육의 불쾌한 공상보다 좀 더 아름다운 다른 이야기가 꾸며지지 않을까.

여는 바위틈에 꽂았던 스틱을 도로 뽑았다. 그 스틱으로써 여의 발 아래 바위를 가볍게 두드리면서 한 개 이야기를 꾸며 보았다.

한 화공(畵工)이 있다.

화공의 이름은? 지어내기가 귀찮으니 신라 때의 화성(畵聖, 매우 뛰어난 화가)의 이름을 차용하여 솔거(率居, 신라 진흥왕 때 화가. 황룡사 벽에 그린 〈노송도〉에 새가 앉으려다 부딪쳐 떨어졌다는 일화가 있음)라 해 두자.

시대는?

시대는 이 안하에 보이는 도시가 가장 활기 있고 아름답던 시절인 세종 성주(聖主, 성군. 어질고 덕이 뛰어난 임금)의 대(代)쯤으로 해 둘까.

화공 솔거는 오뇌스러운 얼굴로 앉아 있다

백악이 흘러내리다가 맺힌 곳. 거기는 한양의 정기를 한 몸에 지닌 경복궁 대궐이 있다. 이 대궐의 북문인 신무문(神武門) 밖 우거진 뽕밭 새에 한 중로(中老)의 사나이가 오뇌(懊惱, 뉘우치며 괴로워함)스러운 얼굴을 하고 있다.

화공 솔거였다.

무르익은 여름 뜨거운 볕은 뽕잎이 가려 준다 하나 훈훈한 기운은 머리 위 뽕잎과 땅에서 우러나서 꽤 무더운 이 뽕밭 속에 숨어 있는 화공. 자그마한 보따리에는 점심까지 싸 가지고 온 것으로 보아서 저녁까지 이곳에 있을 셈인 모양이다.

그러나 무얼 하는지. 단지 땀을 펑펑 흘리며 오뇌스러운 얼굴로 앉아 있을 뿐이다.

왕후친잠(王后親蠶, 양잠을 장려하기 위해 왕비가 몸소 누에를 치던 일)에 쓰이는 이 뽕밭은 잡인들이 다니지 못할 곳이다. 하루 종일을 사람의 그림자 하나 얼씬하지 않는다.

때때로 바람이 우수수하니 뽕나무 위로 불기는 하나 솔거가 숨어 있는 곳에는 한 점의 바람도 들어오지 않는다. 이 무더운 속에 솔거는 바람이 불 적마다 몸을 흠칫흠칫 놀라며 그러면서도 무엇을 기다리는 듯이 뽕나무 그루 아래로 저편 앞을 주시하곤 있다.

이윽고 석양이 무악을 넘고 이 도시도 황혼이 들었다.

날이 어둡기를 기다려서 이 화공은 몸을 숨겨 가지고 거기서 나왔다.

"오늘은 헛길. 내일이나 다시 볼까."

한숨을 쉬면서 제 오막살이를 찾아 돌아가는 화공. 날이 벌써 꽤 어두웠지만 그래도 아직 저녁빛이 약간 남은 곳에 내놓은 이 화공은 세상에 보기 드문 추악한 얼굴의 주인이었다. 코가 질병(질흙으로 만든 병) 자루 같다. 눈이 퉁방울 같다. 귀가 박죽(밥주걱의 사투리) 같다. 입이 나발통('나발'을 속되게 이르는 말. 관악기의 일종) 같다. 얼굴이 두꺼비 같다. 소위 추한 얼굴을 형용하는 온갖 형용사를 한 얼굴에 지닌 흉한 얼굴의 주인으로서 그 얼굴이 또한 굉장히도 커서 멀리서 볼지라도 그 존재가 완연하리 만하다.

이 얼굴을 가지고는 백주(白晝, 대낮)에는 나다니기가 스스로 부끄러울 것이다.

솔거는 흉한 얼굴 때문에 사람들을 피한다

아닌 게 아니라 솔거는 철이 든 이래 아직껏 백주에 사람 틈에 나다닌 일이 없었다.

일찍이 열여섯 살에 스승의 중매로써 어떤 양가 처녀와 결혼을 하였지만 그 처녀는 솔거의 얼굴을 보고 기절을 하고 기절에서 깨어나서는 그냥 집으로 도망쳐 버리고, 그다음에 또 한 번 장가를 들어 보았지만 그 색시 역시 첫날밤만 정신 모르고 치른 뒤에는 이튿날은 무서워서 죽어도 같이 못 살겠노라고 부모에게 떼를 써서 두 번째의 비극을 겪고…….

이러한 두 가지의 사변을 겪고 난 뒤에는 솔거는 차차 여인이라는 것을 보기를 피해 오다가 그 괴벽(괴이한 버릇)이 점점 자라서 나중에는 일체로 사람이란 것의 얼굴을 대하기가 싫어졌다.

사람을 피하기 위하여, 그리고 또한 일방으로는 화도(畫道)에 정진하기 위하여 인가를 떠나서 백악의 숲 속에 조그마한 오막살이를 하나 틀고 거기 숨은 지 근 30년, 생활에 필요한 물건 혹은 그림에 필요한 물건을 구하기 위하여 부득이 거리에 나가야 할 필요가 있을 때는 반드시 밤을 택하였다. 피할 수 없어 낮에 나갈 때는 방립(方笠, 예전에 주로 상제가 밖에 나갈 때 쓰던 갓)을 쓰고 그 위에 얼굴을 베로 가렸다.

솔거는 좀 더 색채 다른 미녀상을 그리고 싶다

화도에 발을 들여놓은 지 근 40년, 부득이한 금욕 생활 부득이한 은 둔 생활을 경영한 지 30년, 여인에게로 소모되지 못한 정력은 머리로 모이고 머리로 모인 정력은 손끝으로 뻗어서 종이에 비단에 갈겨 던 진 그림이 벌써 수천 점. 처음에는 그 그림에 대하여 아무 불만도 느 껴 보지 않았다.

하늘에서 타고난 천분과 스승에게서 얻은 훈련과 저축된 정력의 소 산인 한 장의 그림이 생겨날 때마다 그것을 보면서 스스로 만족히 여 기고 스스로 자랑스러이 여기던 그였다.

그러나 그런 과정을 밟기 20년에 차차 그의 마음에 움돋은 불만, 그 것은 어떻게 보자면 화도에는 이단적인 생각일는지도 모를 것이다.

좀 다른 것은 그릴 수가 없는가.

산이다. 바다다. 나무다. 시내다. 지팡이 잡은 노인이다. 다리다. 혹 은 돛단배다. 꽃이다. 과즉(기껏해야) 달이다. 소다. 목동이다.

이 밖에 그가 아직 그려 본 것이 무엇이었던가.

유원(幽遠)한(아득히 먼) 맛, 단 한 가지밖에 없는 전통적 그림보다 좀 더 다른 것을 그려 보고 싶다. 아직껏 스승에게 배운 바의 백발백염(白髮白 髥, 흰 머리 흰 수염)의 노옹이나 피리 부는 목동 이외에 좀 더 얼굴에 움직

임이 있는 사람을 그려 보고 싶다. 표정이 있는 얼굴을 그려 보고 싶다.

이리하여 재래의 수법을 아낌없이 내던진 솔거는 그로부터 10년간을 사람의 표정을 그리느라고 세월을 보냈다.

그러나 사람의 세상을 멀리 떠나서 따로이 사는 이 화공에게는 사람의 표정이 기억에 가맣다.

상인들의 간특한(간사하고 악독한) 얼굴, 행인(行人)들의 덜 무표정한 얼굴, 새꾼('나무꾼'의 방언)들의 싱거운 얼굴. 그새 보고 지금도 대할 수 있는 얼굴은 이런 따위뿐이다. 좀 더 색채 다른 표정은 없느냐.

색채 다른 표정!

색채 다른 표정!

이 욕망이 화공의 마음에 익고 커 가는 동안 화공의 머리에 솟아오르는 몽롱한 기억이 있다.

이 화공의 어머니의 표정이다.

지금은 거의 그의 기억에서 사라졌지만 어린 시절에 자기를 품에 안고 눈물 글썽글썽한 눈으로 굽어보던 어머니의 표정이 가끔 한순간씩 그의 기억의 표면까지 뛰쳐 올랐다.

그의 어머니는 희세의 미녀였다. 대대로 이후의 자손의 미(美)까지 모두 미리 빼앗았던지 세상에 드문 미인이었다.

화공은 이 미녀의 유복자였다.

아비 없는 자식을 가슴에 붙안고 눈물 머금은 눈으로 굽어보던 표정.

철이 든 이래로 자기를 보는 얼굴에서는 모두 경악과 공포밖에는 발견하지 못한 이 화공에게는 40여 년 전의 어머니의 사랑의 아름다운 얼굴이 때때로 몸서리치도록 그리웠다.

그것을 그려 보고 싶었다.

커다란 눈에 그득히 담긴 눈물. 그러면서도 동경과 애무로서 빛나던 눈. 입가에 떠오르던 미소.

번개와 같이 순간적으로 심안(心眼)에 나타났다가는 사라지는 이 환영을 화공은 그려 보고 싶었다.

세상을 피하고 세상에서 숨어 살기 때문에 차차 삐뚤어진 이 화공의 괴벽한 마음에는 세상을 그리는 정열이 또한 그만치 컸다. 그리고 그것이 크면 크니만치 마음속으로 늘 울분과 분만(憤懣, 분한 마음이 일어 답답함)이 차 있었다.

지금도 세상에서는 한창 계집 사내들이 서로 부둥켜안고 좋다고 야단할 것을 생각하고는 음울한 얼굴로 화필을 뿌리는 화공.

이러한 가운데서 나날이 괴벽해 가는 이 화공은 한 개 미녀상(美女像)을 그려 보고자 노심하였다.

아내로서의 미녀상을 그리고 싶지만 아내가 없다

처음에는 단지 아름다운 표정을 가진 미녀를 그려 보고자 하였다.

그러나 미녀를 가까이 본 일이 없는 이 화공이 마음대로 되지 않는 붓끝에 역정을 내며 애쓰는 동안 차차 어느덧 미녀상에 대한 관념이 달라 갔다.

자기의 아내로서의 미녀상을 그려 보고 싶어졌다.

세상은 자기에게 아내를 주지 않는다.

보면 한 마리의 곤충 한 마리의 날짐승도 각기 짝을 찾아 즐기고 짝을 찾아 좋아하거늘 만물의 영장인 사람이 짝 없이 50년을 보냈다 하는 데 대한 분만이 일어났다.

세상 놈들은 자기에게 한 짝을 주지 않고 세상 계집들은 자기에게 오려는 자가 없이 홀몸으로 일생을 보내다가 언제 죽는지도 모르게 이 산골에서 죽어 버릴 생각을 하면 한심하기보다는 도리어 이렇듯 박정한 사람의 세상이 미웠다.

세상이 주지 않는 아내를 자기는 자기의 붓끝으로 만들어서 세상을 비웃어 주리라.

이 세상에 존재한 가장 아름다운 계집보다도 더 아름다운 계집을 자기의 붓끝으로 그려서 못나고도 아름다운 체하는 세상 계집들을 웃어 주리라.

덜난 계집을 아내로 맞아 가지고 천하의 절색이라 믿고 있는 사내 놈들도 깔보아 주리라.

4, 5명의 처첩을 거느리고 좋다구나고 춤추는 헌놈들도 굽어보아 주리라.

미녀! 미녀!

눈을 감고 생각하고 눈을 뜨고 생각하고 머리를 움켜쥐고 생각해 보나 미녀의 얼굴이 어떤 것인지 알 수가 없었다.

물론 얼굴에 철요(凸凹, 요철 오목함과 볼록함)가 없고 이목구비가 제대로 놓였으면 세상 보통의 미인이라 한다. 그런 얼굴에 연지나 그리고 눈에 미소나 그려 놓으면 더 아름다워지기는 할 것이다. 이만한 것은 상상의 눈으로도 볼 수가 있는 것이며 붓끝으로 그릴 수도 없는 바가 아니다.

그러나 까만 어린 시절의 어머니의 얼굴을 순영적(瞬影的, 순간적으로 본 모습)으로나마 기억하는 이 화공으로서는 그런 미녀로는 만족할 수가 없었다.

오뇌와 분만 중에서 흐르는 세월은 1년 또 1년 무위(아무것도 하는 일이 없음)하게 흘러간다.

미녀의 아랫도리는 그려진 지 벌써 수년. 그 아랫도리 위에 올려놓일 얼굴은 어떻게 하여야 할지 짐작도 가지 않았다.

화공의 오막살이 방 안에 들어서면 맞은편에 걸려 있는 한 폭 그림은 언제든 어서 목과 얼굴을 그려 주기를 기다리듯이 화공을 힐책한다.

화공은 이것을 보기가 거북하였다.

특별한 일이라도 있기 전에는 낮에 거리에 다니지를 않던 이 화공이 흔히 얼굴을 싸매고 장안을 돌아다녔다.

행여나 길에서라도 미녀를 만날까 하는 요행심으로였다. 길에서 순간적으로라도 마음에 드는 미녀를 볼 수만 있으면 그것을 머리에 똑똑히 캐치하여 그 기억으로써 화상을 그릴까 하는 요행심으로…….

그러나 내외법이 심한 이 도회에서 대낮에 양가의 부녀가 얼굴을 내놓고 길을 다니지 않았다. 계집이라는 것은 하인배나 하류배뿐이었다.

하인배 하류배에도 때때로 미녀라 일컬을 자가 있기는 있었다. 그러나 아무리 산뜻한 미를 갖기는 했다 하나 얼굴에 흐르는 표정이 더럽고 비열하여 캐치할 만한 자가 없었다.

얼굴을 싸매고 거리로 방황하며 혹은 계집들이 많이 모이는 우물가며 저자를 비슬비슬 방황하며 어찌어찌하여 약간 이쁜 듯한 계집이라도 보이면 따라가면서 얼굴을 연구해 보곤 했으나 마음에 드는 미녀를 지금껏 얻어내지를 못하였다.

혹은 심규(深閨, 여자가 거처하는 깊이 들어앉은 집이나 방)에는 마음에 드는 계집이라도 있을까. 심규! 심규! 한번 심규의 계집들을 모조리 눈앞에 벌여 세우고 얼굴 검사를 해 보았으면…….

초조하고 성가신 가운데서 날을 보내고 날을 맞으면서 미녀를 구하던 화공은 마지막 수단으로 친잠(親蠶) 상원(桑園, 뽕밭)에 들어가서 채상(採桑, 뽕잎을 따는 일)하는 궁녀의 얼굴을 얻어 보려 하였다. 그러나 불행히도 화공의 모험도 헛길로 돌아가고 그날은 채상을 하러 오지도 않았다.

그러나 때 바야흐로 누에 시절이라 견딜성 있게 기다리노라면 궁녀가 오는 날도 있을 것이다. 미녀─아내의 얼굴을 그리려는 욕망에 열이 오르고 독이 난 이 화공은 이튿날도 또 뽕밭에 들어가 숨었다. 숨어 기다리지 않을 수가 없었다.

그로부터 한 달, 화공은 나날이 점심을 싸 가지고 상원으로 갔다.

그러나 저녁때 제 오막살이로 돌아올 때는 언제든 그의 입에서는 기다란 탄식성이 나왔다.

궁녀를 못 본 바가 아니었다.

마치 여기 숨어 있는 화공에게 선보이려는 듯이 나날이 궁녀들은 번갈아 왔다. 한 떼씩 밀려와서는 옷소매 치맛자락을 펄럭이며 뽕을 따갔다. 한 달 동안에 합계 40, 50명의 궁녀를 보았다.

모두 일률로 미녀들이었다. 그리고 길가 우물가에서 허투루 볼 수 있는 미녀들보다 고아(품격 따위가 높고 우아함)한 얼굴에는 틀림이 없었다.

그러나 그 눈. 화공이 보는 바는 눈이었다.

그 눈에 나타난 애무와 동경이었다. 철철 넘어 흐르는 사랑이었다. 그것이 궁녀에게는 없었다. 말하자면 세상 보통의 미녀였다.

자기에게 계집을 주지 않는 고약한 세상에게 보복하는 의미로 절세의 미녀를 차지하고자 하는 이 화공의 커다란 야심으로서는 그만 따위의 미녀로 만족할 수가 없었다.

오막살이로 돌아올 때마다 그의 입에서 나오는 기다란 한숨, 이런 한숨을 쉬기 한 달—그는 다시 상원에 가지 않았다.

솔거는 시냇가에서 아름다운 소경 처녀를 만난다

가을 하늘 맑고 푸르른 어떤 날이었다.

마음속에 분만과 동경을 가득히 담은 이 화공은 저녁쌀을 씻으러 소쿠리를 옆에 끼고 시내로 더듬어 갔다.

가다가 문득 발을 멈추었다.

우거진 소나무 틈으로 보이는 시냇가 바위 위에 웬 처녀가 앉아 있다. 솔가지 틈으로 내리비치는 얼룩지는 석양을 받고 망연히 앉아서 흐르는 시냇물을 내려다보고 있다.

웬 처녀일까.

인가에서 꽤 떨어진 이곳. 사람의 동리보다 꽤 높은 이곳. 길도 없는 이곳—아직껏 30년간을 때때로 초부(나무꾼)나 목동의 방문은 받아 본 일이 있지만 다른 사람의 자취를 받아 보지 못한 이곳에 웬 처녀일까.

화공도 망연히 서서 바라보았다. 바라볼 동안 가슴에 차차 무거운 긴장을 느꼈다.

한 걸음 두 걸음 화공은 발소리를 감추고 나아갔다. 차차 그 상거(떨어져 있는 거리)가 가까워 감에 따라서 분명해 가는 처녀의 얼굴.

화공의 얼굴에는 피가 떠올랐다.

세상에 드문 미녀였다. 나이는 열일고여덟. 그 얼굴 생김이 아름답다기보다 얼굴 전면에 나타난 표정이 놀랄 만치 아름다웠다.

흐르는 시내에 눈을 부었는지 귀를 기울였는지 하여간 처녀의 온 주의력은 시내에 모여 있다. 커다랗게 뜨인 눈은 깜박일 줄도 잊은 듯이 황홀한 눈으로 시내를 굽어보고 있다.

남벽(藍碧, 남빛을 띤 짙은 푸른색)의 시냇물에는 용궁(龍宮)이 보이는가. 소나무 그루에 부딪쳐서 튀어나는 바람에 앞머리를 약간 날리면서 처녀가 굽어보고 있는 것은 무엇인가.

처녀의 공상과 정열과 환희가 한꺼번에 모인 절묘한 미소를 눈과 입에 띠고 일심불란(一心不亂, 한 가지 일에 마음을 집중하여 혼란스럽지 아니함)히 처녀가 굽어보는 것은 무엇인가.

아아.

화공은 드디어 발견하였다. 그새 10년간을 여항(閭巷, 여염. 살림집이 많이 모여 있는 곳)의 길거리에서 혹은 우물가에서 내지는 친잠 상원에서 발견해 보려고 애쓰다가 종내 달하지 못한 놀랄 만한 아름다운 표정을 화공은 뜻 안 한 여기서 발견하였다.

화공은 걸음을 빨리하였다. 자기의 얼굴이 얼마나 더럽게 생겼는지 이 처녀가 자기를 쳐다보면 얼마나 놀랄지 이 점을 온전히 잊고 걸음을 빨리하여 처녀의 쪽으로 갔다.

처녀는 화공의 발소리에 머리를 번쩍 들었다. 화공을 바라보았다. 그 무한히 먼 곳을 바라보는 듯한 기묘한 눈을 들어서.

"아."

가슴이 뭉클하여 무슨 말을 하여야 할지 망설이며 화공이 반벙어리 같은 소리를 할 때에 처녀가 먼저 입을 열었다.

"여기가 어디오니까?"

여기가 어디?

"여기가 인왕산록 이름도 없는 곳이지만 너는 웬 색시냐?"

"네……."

문득 떠오르는 적적한 표정.

"더듬더듬 시내를 따라 왔습니다."

화공은 머리를 기울였다. 몸을 움직여 보았다. 무한히 먼 곳을 바라보는 듯한 처녀의 눈은 그냥 움직임 없이 커다랗게 뜨여 있기는 하지만 어디를 보는지 무엇을 보는지 알 수가 없다. 드디어 화공은 부르짖었다!

"너 앞이 보이느냐?"

"소경이올시다."

소경이었다. 눈물 머금은 소리로 하는 대답을 듣고 화공은 좀 더 가까이 갔다.

"앞도 못 보면서 어떻게 무얼 하러 예까지 왔느냐?"

처녀는 머리를 푹 수그렸다. 무슨 대답을 하는 듯하였으나 화공은 알아듣지 못하였다. 그러나 화공으로 하여금 적이 호기심을 잃게 한 것은 처녀의 얼굴에 아까와 같은 놀라운 매력 있는 표정이 없어진 것이었다.

그만하면 보기 드문 미인임에는 틀림이 없다. 그러나 아까 화공이 그렇듯 놀란 것은 단지 미인인 탓이 아니었다. 그 얼굴에 나타난 놀라운 매력에 끌린 것이었다.

"불쌍도 허지. 저녁도 가까워 오는데 어둡기 전에 집으로 내려가거라."

이만치 하여 화공은 처녀를 포기하려 하였다. 이 말에 처녀가 응하였다.

"어두운 것은 탓하지 않습니다마는 황혼이 매우 아름답다지요?"

"그럼. 아름답구말구."

"어떻게 아름답습니까?"

"황금빛이 서산에서 줄기줄기 비치는구나. 거기 새빨갛게 물든 천하— 푸르른 소나무도 남빛 바위도 검붉은 나무그루도 모두 황금빛에 잠겨서……."

"황금빛은 어떤 것이고 새빨간 빛과 붉은빛이며 남빛은 모두 어떤 빛이오니까? 밝은 세상이라지만 밝은 빛과 붉은빛이 어떻게 다릅니까? 이 산 경치가 아름답다는 소문을 듣고 더듬어 왔습니다만 바람소리, 돌물 소리, 귀로 들리는 소리밖에는 어디가 아름다운지 알 수가 없습니다."

차차 다시 나타나는 미묘한 표정, 커다랗게 뜨인 눈에 비치는 동경의 물결, 일단 사라졌던 아름다운 표정은 다시 생기가 비롯하였다.

화공은 드디어 처녀의 맞은편에 가 앉았다.

"이 샘 줄기를 따라 내려가면 바다가 있구 바닷속에는 용궁이 있구나. 칠색 비단을 감은 기둥과 비취를 아로새긴 댓돌이며 황금으로 만든 풍경. 진주로 꾸민 문설주(문의 양쪽에 세운 기둥)……."

마주 앉아서 엮어 내리는 이 화공의 이야기에 각일각(刻一刻, 시간이 지남) 더욱 황홀해 가는 처녀의 눈이었다. 화공은 드디어 이 처녀를 자기의 오막살이로 데리고 돌아갈 궁리를 하였다.

"내 용궁 이야기를 들려주마. 너의 집에서 걱정만 안 하실 것 같으면……."

화공이 이렇게 꼬일 때에 처녀는 그의 커다란 눈을 들어서 유원히 (아득히 멀리) 하늘을 우러러보면서 자기네 부모는 병신 딸 따위는 없어져도 근심을 안 한다고 쾌히 화공의 뒤를 따랐다.

'여'는 결말을 내기 위해 고심한다

일사천리로 여기까지 밀려오던 여의 공상은 문득 중단되었다.

이야기를 어떻게 진전시키나?

잡념이 일어난다. 동시에 여의 귀에 들려오는 한 절의 유행가.

여는 머리를 들었다. 저편 뒤 어디 잡인들이 온 모양이다. 그 분요가 무의식중에 귀로 들어와서 여의 집중되었던 머리를 헤쳐 놓는다.

귀찮은 가사(歌師, 노래하는 사람)들이여, 저주받을 가사들이여.

이 저주받을 가사들 때문에 중단된 이야기는 좀체 다시 모이지 않았다.

그러나 결말 없는 이야기가 어디 있으랴. 어찌 되었든 결말은 지어야 할 것이 아닌가.

그러면 그 화공은 처녀를 데리고 제 오막살이로 돌아와서 용궁 이야기를 들려주면서 그동안에 처녀의 얼굴을 그대로 그려서 10년래의 숙망(오랫동안 품어 온 소망)을 성취하였다는 결말로 맺어 버릴까?

그러나 이런 싱거운 결말이 어디 있으랴? 결말이 되기는 되었지만 이따위 결말을 짓기 위하여 그런 서두는 무의미한 것이다.

그러면?

그럼 다르게 결말을 맺어 볼까?

화공은 처녀를 제 오막살이로 데리고 돌아왔다. 그리고 처녀에게 용궁 이야기를 들려주었다. 그러나 아까 용궁 이야기를 초벌 들은 처녀는 이번은 그렇듯 큰 감흥도 느끼지 않은 모양으로 그다지 신통한 표정도 보이지 않았다. 화공의 계획은 수포로 돌아갔다. 화공은 그 그림을 영 미완품 채로 남기지 않을 수 없었다.

역시 마음에 들지 않는 결말이다.

그럼 또다시 —.

화공은 처녀를 데리고 돌아왔다. 돌아와서 처녀를 보면 볼수록 탐스러워서 그림은 집어던지고 처녀를 아내로 삼아 버렸다. 앞을 못 보는 처녀는 이 추하게 생긴 화공에게도 아무 불만이 없이 일생을 즐겁게 보냈다. 그림으로나 아내를 얻으려던 화공은 절세의 미녀를 아내로 얻게 되었다.

역시 불만이다.

귀찮고 성가시다. 저주받을 유행 가사여!

여는 일어났다. 감흥을 잃은 이 자리에 그냥 앉아 있기가 싫었다. 그냥 들리는 유행가. 그것이 안 들리는 곳으로 자리를 옮기자.

굽어보매 저 멀리 소나무 틈으로 한 줄기 번득이는 것은 아까의 샘물이다.

그 샘물로, 가장 이 이야기의 원천이 된 그 샘으로 내려가자.

벼랑을 내려가기는 올라가기보다 더 힘들었다. 올라가는 것은 올라가다가 실수하여 떨어지면 과즉 제자리에 내린다. 그러나 내려가다가 발을 실수하면 어디까지 굴러갈지 예측할 길이 없다. 잘못하다가는 청운동(淸雲洞) 어귀까지 굴러갈는지도 모를 일이다. 게다가 올라갈 때에는 도움이 되던 스틱조차 내려갈 때에는 귀찮기 짝이 없다.

반각(1각은 약 15분)이나 걸려서 여는 드디어 그 샘가에 도달하였다.
샘가에는 과연 한 개의 바위가 사람 하나 앉기 좋을 만한 자리가 있다. 이 바위가 화공이 쌀 씻던 바위일까. 처녀가 앉아서 공상하던 바위일까. 그 아래를 깊은 남벽으로 알았더니 겨우 한 뼘 미만의 얕은 물로서 바위 위를 기운 없이 뚤뚤 흐르고 있다.
그러나 이 골짜기는 고요하기 짝이 없었다. 바람소리도 멀리 위에서만 들린다. 그리고 소나무와 바위에 둘러싸여서 꽤 음침한 이 골짜기는 옛날 세상을 피한 화공이 즐겨 하였음직하다.
자, 그러면 이 골짜기에서 아까 그 이야기의 꼬리를 마저 지을까.

집으로 데려온 소경 처녀의 얼굴을 그리다

화공은 처녀를 데리고 오막살이로 돌아왔다.
그의 마음은 너무도 긴장되고 또한 기뻐서 저녁도 짓기 싫었다. 들어와 보매 벌써 여러 해를 멀리 달리기를 기다리는 족자(簇子)의 여인의 몸집조차 흔연히 화공을 맞는 듯하였다.
"자, 거기 앉어라."
수년간 화공을 힐책하던 머리 없는 그림이 화공의 앞에 펴졌다. 단청(물감)도 준비되었다.

터질 듯 울렁거리는 마음으로 폭 앞에 자리를 잡은 화공은 빛이 비치도록 남향하여 처녀를 앉히고 손으로는 붓을 적시며 이야기를 꺼냈다.

벌써 황혼은 인제 얼마 남지 않은 오늘 해로써 숙망을 달하려 하는 것이었다. 10년간을 벼르기만 하면서 착수를 못했기 때문에 저축되었던 화공의 힘은 손으로 모였다.

"그러구— 알겠지?"

눈으로 처녀의 얼굴을 보며 입으로는 용궁 이야기를 하며 손은 번개같이 붓을 둘렀다.

"용궁에는 여의주(如意珠)라는 구슬이 있구나. 이 여의주라는 구슬은 마음에 있는 바는 다 달할 수 있는 보물로서 그 구슬을 네 눈 위에 한 번 굴리면 너도 광명한 일월을 보게 된다."

"네? 그런 구슬이 있습니까?"

"있구말구. 네가 내 말을 잘 듣고 있기만 하면 수일 내로 너를 데리고 용궁에 가서 여의주를 빌려서 네 눈도 고쳐 주마."

"그러면 저도 광명한 일월을 볼 수가 있겠습니까?"

"그럼. 광명한 일월, 무지개라는 칠색이 영롱한 기묘한 것, 아름다운 수풀, 유수한 골짜기, 무엇인들 못 보랴."

"아이구, 어서 그 여의주를 구해서……."

아아, 놀라운 아름다운 표정이었다. 화공은 처녀의 얼굴에 나타나 넘치는 이 놀라운 표정을 하나도 잃지 않고 화폭 위에 옮겼다.

황혼은 어느덧 밤으로 변하였다. 이때는 그림의 여인에게는 단지 눈동자가 그려지지 않았을 뿐 그 밖의 것은 죄 완성이 되었다.

동자(눈동자)까지 그리고 싶었다. 그러나 이 그림의 생명을 좌우할 눈동자를 그리기에는 날은 너무도 어두웠다.

눈동자, 하나쯤이야 밝는 날로 남겨 둔들 어떠랴. 하여간 10년 숙망을 겨우 달한 화공의 심사는 무엇에 비기지 못하도록 기뻤다.

"아―아."

이 탄성은 오래 벼르던 일이 끝난 때에 나는 기쁨의 소리였다.

이 일단의 안심과 함께 화공의 마음에는 또 다른 긴장과 정열이 솟아올랐다.

꽤 어두운 가운데서 처녀의 얼굴을 유심히 보기 위하여 화공이 잡은 자리는 처녀의 무릎과 서로 닿을 만치 가까웠다. 그림에 대한 일단의 안심과 함께 화공의 코로 몰려 들어오는 강렬한 처녀의 체취와 전신으로 느끼는 처녀의 접근 때문에 화공의 신경은 거의 마비될 듯싶었다. 차차 각일각 몸까지 떨리기 시작하였다. 어둠 가운데서 황홀하게 빛나는 처녀의 커다란 눈과 정열로 들먹거리는 입술은 화공의 정신까지 혼미하게 하였다.

하룻밤을 지내고 나니 처녀는 솔거가 원하던 얼굴이 아니다

밝은 날 함께 자리에서 일어난 화공과 소경 처녀의 두 사람은 벌써 남이 아니었다.

'오늘은 동자를 완성시키리라.'

30년의 독신 생활을 벗어 버린 화공은 30년간을 혼자 먹던 조반을 소경 처녀와 같이 먹고 다시 그림 폭 앞에 앉았다.

"용궁은?"

기쁨으로 빛나는 처녀의 눈!

그러나 화공의 심미안(審美眼, 아름다움을 찾는 눈)에 비친 그 눈은 어제의 눈이 아니었다.

아름답기는 다시없는 아름다운 눈이었다. 그러나 그 눈은 사내의 사랑을 구하는 '여인의 눈'이었다. 병신이라 수모받던 전생을 벗어버리고 어젯밤 처음으로 인생의 봄을 맛본 처녀는 이제는 한 개의 그 지어미의 눈이요 한 개의 애욕의 눈이었다.

"용궁은?"

"용궁에 어서 가서 여의주를 얻어서 제 눈을 틔여 주세요. 밝은 천지도 천지려니와 당신을 어서 눈 뜨고 보고 싶어……."

어젯밤 잠자리에서 자기는 스물네 살 난 풍신(풍채) 좋은 사내라고 자랑한 화공의 말을 그대로 믿는 소경 처녀였다.

"응, 얻어 주지. 그 칠색이 영롱한!"

"그 칠색도 어서 보고 싶어요."

"그래그래, 좌우간 지금 머리로 생각해 보란 말이야."

"네, 참 어서 보고 싶어서……."

굽어보면 무릎 앞의 그림은 어서 한 점 동자를 찍어 주기를 기다리고 있다.

그러나 소경의 눈에 나타난 것은 아름답기는 아름다우나 그것은 애욕의 표정에 지나지 못하였다. 그런 눈을 그리려고 10년을 고심한 것이 아니었다.

"자, 용궁을 생각해 봐!"

"생각이나 하면 뭘 합니까? 어서 이 눈으로 보아야지."

"생각이라도 해 보란 말이야."

"짐작이 가야 생각도 하지요."

"어제 생각하던 대로 생각을 해 봐!"

"네……."

화공은 드디어 역정을 내었다.

"자, 용궁! 용궁!"

"네……."

"용궁을 생각해 봐! 그래 용궁이 어때?"

"칠색이 영롱하구요."

"그래, 또."

"또 황금 기둥, 아니 비단으로 싼 기둥이 있구요. 또 푸른 진주가……."

"푸른 진주가 아냐! 푸른 비취지."

"비취 추녀던가 문이던가."

"에익! 바보!"

화공은 커다란 양손으로 칵 소경의 어깨를 잡았다. 잡고 흔들었다.

"자, 다시 곰곰이. 용궁은."

"용궁은 바닷속에……."

겁에 띠어서 어릿거리는 소경의 양(모습)에 화공은 손으로 소경의 따귀를 갈기지 않을 수가 없었다.

"바보!"

이런 바보가 어디 있으랴. 보매 그 병신 눈은 깜박일 줄도 모르고 허공을 바라보고 있다. 그 천치 같은 눈을 보매 화공의 노염은 더욱 커졌다. 화공은 양손으로 소경의 멱을 잡았다.

"에익, 바보야. 천치야. 병신아!"

생각나는 저주의 말을 연하여 퍼부으면서 소경의 멱을 잡고 흔들었다. 그리고 병신답게 멀쩡게 뜨인 눈자위에 원망의 빛깔이 나타나는 것을 보고 더욱 힘 있게 흔들었다.

흔들다가 화공은 탁 그 손을 놓았다. 소경의 몸이 너무도 무거워졌으므로.

화공의 손에서 놓인 소경의 몸은 손을 뒤솟은 채 번뜻 나가넘어졌다. 넘어지는 서슬에 벼루가 전복되었다. 뒤집어진 벼루에서 튀어난 먹 방울이 소경의 얼굴에 덮였다.

깜짝 놀라서 흔들어 보매 소경은 벌써 이 세상의 사람이 아니었다.

화공은 어찌할 줄을 몰랐다. 망지소조(芒知所措, 갈팡질팡 어찌할 바를 모름)하여 허둥거리던 화공은 눈을 뜻 없이 자기의 그림 위에 던지다가 소리를 내며 자빠졌다.

그 그림의 얼굴에는 어느덧 동자가 찍혔다. 자빠졌던 화공이 좀 정신을 가다듬어 가지고 몸을 겨우 일으켜서 다시 그림을 보매 두 눈에는 완연히 동자가 그려진 것이었다.

그 동자의 모양이 또한 화공으로 하여금 다시 털썩 엉덩이를 붙이게 하였다. 아까 소경 처녀가 화공에게 멱을 잡혔을 때에 그의 얼굴에 나타났던 원망의 눈! 그림의 동자는 완연히 그것이었다.

소경이 넘어지는 서슬에 벼루를 엎는다는 것은 기이할 것도 없고 벼루가 엎어질 때에 먹 방울이 튄다는 것도 기이하달 수 없지만 그 먹 방울이 어떻게 그렇게도 기묘하게 떨어졌을까? 먹이 떨어진 동자로부터 먹물이 번진 홍채에 이르기까지 어찌도 그렇게 기묘하게 되었을까?

한편에는 송장, 한편에는 송장의 화상을 놓고 망연히 앉아 있는 화공의 몸은 스스로 멈출 수 없이 와들와들 떨렸다.

솔거는 광인이 되어 돌아다니다 죽음을 맞이한다

수일 후부터 한양성 내에는 괴상한 여인의 화상(畵像)을 들고 음울한 얼굴로 돌아다니는 늙은 광인(狂人) 하나가 생겼다.

그의 내력을 아는 사람이 없었고 그의 근본을 아는 사람이 없었다. 그 괴상한 화상을 너무도 소중히 여기므로 사람들이 보고자 하면 그는 기를 써서 보이지 않고 도망해 버리곤 한다.

이렇게 수년간을 방황하다가 어떤 눈보라 치는 날 돌베개를 베고 그의 일생을 마감하였다. 죽을 때도 그는 그 족자를 깊이 품에 품고 죽었다.

늙은 화공이여. 그대의 쓸쓸한 일생을 여는 조상(조문)하노라.

여는 지팡이로써 물을 두어 번 저어 보고 고즈넉이 몸을 일으켰다.

우러러보매 여름의 석양은 벌써 백악 위에서 춤추고, 이 천고의 계곡을 산새가 남북으로 건넌다.

이야기 따라잡기

　'여(나)'는 인왕산에 올라 경치를 구경하다가 샘물에 이르러 이야기 하나를 짓게 된다. 그 이야기는 이러하다.

　솔거는 뛰어난 화공이나 못생긴 얼굴로 인해 혼인을 하지 못한 채혼자 살고 있다. 그는 아름다운 여인을 그리고 싶어 한다. 허나 그의 얼굴을 보면 모두 도망을 가기 때문에 숨어서 그림으로 그릴 여인을 찾는다. 얼굴을 제외한 모든 부분이 완성되어 있는 미인도에 알맞은 얼굴을 찾기 위해 궁녀들을 살펴보지만 그가 원하는 표정을 가진 여인을 찾지 못한다.

　그림을 완성하지 못해 안타까워하던 중 저녁쌀을 씻으러 간 물가에서 우연히 소경 처녀를 만나게 된다. 소경 처녀는 아름다웠으며 솔거가 원하는 표정을 가지고 있다. 또한 눈이 보이지 않아서 그가 다가가도 두려워하지 않는다. 솔거는 용궁 이야기를 들려주겠다며 소경 처녀를 자신의 집으로 데려가 눈동자를 제외하고 미인도를 완성한다.

　그날 밤 솔거는 그녀와 하룻밤을 보내게 된다. 이튿날 그녀의 얼굴이 어제와 달라져 있다. 용궁에 대한 상상으로 아름답던 눈빛에서 남자의 사랑을 구하는 눈빛으로 변해 버린 것이다. 결국 솔거는 그녀에게 용궁의 아름다움을 상상하라며 다그친다. 그러나 처녀의 눈빛은 어제와 같아지지 않는다. 화가 난 솔거는 처녀의 멱살을 잡고 흔들다 죽이게 된다. 그 과정에서 미인도에 먹 방울이 튀어 눈동자가 찍힌다.

그 후 솔거는 광인이 되어 한양성 내를 돌아다니다가 눈보라 치는 날 그 족자를 품에 안고 죽는다.

쉽게 읽고 이해하기

미(美)에 대한 이상과 현실의 괴리

「광화사」는 제목에서부터 알 수 있듯이 '그림에 미친 사람[狂畵師]'
의 이야기다. 주인공 솔거는 단순히 그림에 미친 사람이 아니라 그림
그리는 것에 미친 사람이다. 그는 미인도를 그리기 위해 모든 열정을
쏟는다.

그는 상상 속의 여인이 아닌 실존하는 미인을 찾아 그리려 한다. 아
름답다는 사람들을 찾고자 하나 결국 그는 발견하지 못하고 시름에
빠진다. 가장 이상적인 아름다움, 이상적인 미를 찾아 헤매는 솔거는
의외의 곳에서 아름다운 인물을 만난다. 아무리 찾아 헤매어도 없던
사람을 바로 집 근처에서 발견하게 된 것이다.

소경인 그녀를 집까지 데려온 그는 완벽한 아름다움에 도취된다.
그러나 그 아름다움은 현실적인 개인의 욕망에 의해 무너진다. 그녀
와 하룻밤을 함께 보낸 솔거는 그녀에게서 아름다움 대신에 욕망을
본다. 솔거의 개인적 욕망이 그녀에게 투사되어 버린 것이다. 그녀의

순수하고 이상적인 아름다움은 더 이상 찾아볼 수 없다. 결국 솔거는 그녀와 실랑이를 벌이다가 그녀를 죽음으로 몰아넣는다. 그 과정에서 먹 방울이 그의 그림에 튀게 되고 마저 그리지 못한 눈동자를 찍게 된다. 마치 솔거를 원망하는 듯한 눈빛의 미인도가 완성된 것이다. 미에 대한 광적인 동경은 결국 현실과 이상 사이의 괴리에 의해 비극적 결말을 맺게 된다.

이야기를 이끌어 가는 서술자는 흐르는 모양도 아름답고 흐르는 소리, 그 맛까지도 아름다운 샘물과 불쾌한 공상을 자아내는 암굴을 보고 두 가지의 감상을 하나의 이야기로 꾸민다. 음모와 살육의 불쾌한 공상보다 좀 더 아름다운, 비극적이지만 아름다운 이야기를 이끌어 낸다. 이것은 김동인의 예술지상주의적이고 심미주의적인 태도를 보여 주는 것이다.

소설 속의 소설

「광화사」는 액자식 구성으로 소설 속에 또 다른 이야기가 들어가 있는 형태이다. 이야기 밖의 시점은 1인칭 주인공 시점이다. '여(나)'는 인왕산에 올라가 경치를 구경하다가 아름다운 경치에 어울리는 샘물을 보고 미와 관련된 이야기를 하나 짓게 된다. 소설 속의 소설은 조선 세종 때를 배경으로 한 어떤 예술가의 이야기로 이야기 밖의 사람에 의해 지어진, 3인칭 전지적 작가 시점이다.

보통 액자식 구성은 소설 속에 작중인물들이 어떤 인물의 이야기를 전하거나(「배따라기」, 김동리의 「무녀도」), 한 인물이 자신의 이야기를 전달하는 형태(「광염 소나타」 일부)로 구성된다. 그러나 「광화사」는 소설 속에 또 다른 소설이 들어가 있는 형태로 중간에 소설 속의 소설에서 다시 소설로 돌아온다.

솔거의 이야기가 진행되다가 서술자가 이동하는 공간에 따라, 또는 이야기를 중단시키고 다음 이야기를 구상하는 등의 서술자 개입이 이루어지는 것이다. 이것은 고전소설과는 또 다른 형태로, 고전소설에서의 서술자 개입은 작중인물의 심리를 대신 표현하거나 신의 입장에서 이야기를 한다. 그러나 「광화사」는 작중인물과 상관없이 자신의 심정을 이야기하거나 다음 이야기의 서사 구조에 대해 어떻게 할지 서술자가 이야기의 전개 상황에 대해 고민하는 모습을 그대로 보여준다. 즉, 다음에 전개될 내용이 무엇인지 알 수 없으며 내부 이야기의 흐름을 끊어 놓는다.

김동인(金東仁, 1900. 10. 2~1951. 1. 5)

호는 금동(琴童) · 금동인(琴童人) · 춘사(春士)이며 창씨명(創氏名)은 곤토 후미히토[金東文仁]다. 평안남도 평양 상수리에서 갑부의 차남으로 출생한 김동인은 일본 도쿄 메이지 학원[明治學院] 중학부를 졸업하고 가와바타 미술학교[川端畵學校]에 입학하였으나 중퇴하였다.

1919년 최초의 문학동인지 『창조(創造)』를 자비로 발간하는 한편 처녀작 단편소설 「약한 자의 슬픔」을 발표하고 귀국하였으나, 출판법 위반 혐의로 일제에 체포 · 구금되어 4개월간 투옥되었다. 출옥 후 「목숨」(1921), 「배따라기」(1921), 「감자」(1925), 「광염 소나타」(1930) 등 간결하고도 현대적인 문체의 단편소설들을 발표하였다.

김동인은 작중인물의 호칭에 있어서 3인칭(영어의 'he', 'she'를 '그'로 통칭)을 사용하였으며 과거시제를 도입하여 현대적 문장을 완성하였고 사실주의적 수법도 사용하였다. 그는 1920년대 중반 유행하던 신경향파 및 프로문학에 맞서 예술지상주의를 표방하고 순수문학 운동을 벌이기도 하였다.

극심한 생활고에 시달리던 김동인은 이를 해결하기 위해 소설 쓰기에 전념하다가 몸이 쇠약해지며, 마약 중독에까지 이르게 되었다. 1940년대에는 친일 소설을 쓰고 친일 문학단체인 조선문인보국회 간사를 지내는 등 친일 행위를 하기도 하였고 불경죄로 인해 서대문형무소에 수감되기도 하였다. 광복 이후에는 장편 역사소설 『을지문덕(乙支文德)』과 몇 편의 단편소설을 썼으나 생활고로 인해 중단하게 되고 6·25전쟁 당시 서울에서 작고하였다.

김동인은 최남선과 이광수의 뒤를 이어 한국 근대문학의 초창기를 대표하는 작가로, 그의 작품은 근대 소설의 틀을 제시하고 확립했다는 점에서 한국 근대문학사의 중요한 위치를 차지하고 있다. 그는 『창조』를 통해 1920년대 동인지 시대를 열었으며 스스로 근대 작가임을 자처하며 고백적 경향의 소설과 자연주의적 성향을 드러내었다.

김동인은 「감자」, 「배따라기」 등을 통해 근대 단편소설의 기틀을 확립하였다. 일제강점기라는 암울했던 시대 상황을 자연주의 및 사실주의 수법으로 묘사하면서 절망과 좌절, 죽음의 문제를 많이 다루었다. 몰락한 지주 집안에서의 가정 환경을 반영한 그의 작품들은 노력해도 벗어날 수 없는 빈곤층의 삶과 지주의 횡포 등을 통해 민족적 서러움과 절망을 그리고 있으며, 「감자」의 복녀나 「배따라기」의 아내처럼 죽음을 맞이하는 비극적 결말을 사실주의적으로 그려냈다. 그러나 그의 작품에서 드러나는 사실주의는 외형 묘사적인 것이 아니라 내면의 의식을 묘사하는 순수문학적 입장에서의 사실주의이다.

김동인은 순수문학만이 참문학이라고 주장하며 통속소설을 비판하고 순수본격소설을 옹호하였다. 또한 그는 유미주의, 심미주의, 예술지상주의적 문학을 주장하였다. 그는 춘원 이광수가 내재적인 동경을 미의식으로, 의도적인 욕구를 선의식으로 보며 선의식을 택하고 미의식을 버리려고 한다면서 이것은 결국 예술의 파탄을 초래할 수밖에 없다고 말하였다. 그러나 자신은 선과 미를 대립적 양자로 보고 그 합치점을 발견하려고 했을 뿐만 아니라 미에 반대되는 미움이나 악마저도 선인 동시에 자신의 모든 욕구는 미라고 주장했다. 이러한 주장에 대해 김동인은 '악마적 사상이 움트기 시작했다' 고 스스로를 평했으며, 「광화사」, 「광염 소나타」 등에서 이러한 광포한 미의식, 예술지상주의를 드러내었다.

너무 가난해서 줄 것이 없는 사람은 없다.
또한 너무 부유해서 아무것도 받을 게 없는 사람도 없다.

— 요한 바오로 2세(교황, 1920~2005)